caminho
DAS PEDRAS

SHIRLEY SOUZA

Ilustrações de **Rogério Borges**

Editora
do Brasil

© Editora do Brasil S.A., 2020
Todos os direitos reservados
Texto © Shirley Souza
Ilustrações © Rogério Borges

Este livro foi lançado anteriormente pela editora Escala Educacional, em 2006.

Direção-geral: Vicente Tortamano Avanso

Direção editorial: Felipe Ramos Poletti
Supervisão editorial: Gilsandro Vieira Sales
Edição: Paulo Fuzinelli
Assistência editorial: Aline Sá Martins
Auxílio editorial: Marcela Muniz
Supervisão de arte: Andrea Melo
Design gráfico: Obá Editorial
Editoração eletrônica: Talita Lima
Supervisão de revisão: Dora Helena Feres
Revisão: Elis Beletti e Flávia Gonçalves
Supervisão de iconografia: Léo Burgos
Pesquisa iconográfica: Daniel Andrade

Dados Internacionais de Catalogação na Publicação (CIP)
(Câmara Brasileira do Livro, SP, Brasil)

Souza, Shirley
    Caminho das pedras / Shirley Souza ; ilustrações
Rogério Borges. -- 1. ed. – São Paulo : Editora do
Brasil, 2020. – (Histórias da geografia)

    ISBN 978-85-10-08252-5

    1. Ecoturismo 2. Literatura infantojuvenil
I. Borges, Rogério. II. Título III. Série.

20-36478   CDD-028.5

Índice para catálogo sistemático:

1. Literatura infantojuvenil   028.5
2. Literatura juvenil   028.5

    Maria Alice Ferreira - Bibliotecária - CRB-8/7964

1ª edição / 2ª impressão, 2025
Impresso na Forma Certa Gráfica Digital

Editora do Brasil

Avenida das Nações Unidas,12901
Torre Oeste, 20º andar
São Paulo, SP – CEP: 04578-910
Fone: +55 11 3226-0211
www.editoradobrasil.com.br

Ao Lino e à Andréa,
amigos que me apresentaram jeitos
diferentes de ver o mundo.

Foi assim que aconteceu, sem tirar nem pôr

A Bia era apaixonada pelo Gabriel há tempos, mas ele parecia não perceber. Pode ser que ele achasse a Bia uma pirralha ou coisa assim. Talvez fosse desligado... ou estivesse em outra. Quem sabe?

O fato é que o Gabriel e a Bia moram no mesmo prédio desde sempre. Cresceram juntos, ou melhor, ele cresceu antes e ela depois, porque Gabriel é mais velho, tem 19 anos e está no segundo ano da faculdade. Ele faz Gestão Ambiental e é todo ligado em meio ambiente; também gosta de jogar capoeira quando sobra um tempinho.

A Bia tem 15 anos, está no primeiro ano do Ensino Médio, gosta de cinema, de música, de dança, de balada, do Gabriel e de capoeira... Bom, pelo menos ela começou a participar da roda do mestre João há quatro meses... logo depois que descobriu que o Gabriel aparecia por lá três noites por semana.

Assim como o Gabriel, a Bia gosta da natureza, só que do jeito dela. Desde pequena vai com os pais para o sítio que eles têm em Atibaia. Há uma área de mata preservada lá, por onde ela adora passear. Outro passeio que faz sempre é pela Trilha da Pedra Grande. Ela também conhece bastante o litoral de São Paulo.

No mais, não viajou muito porque os pais só gostam de ir para a praia e para o sítio; mas, agora que fez 15 anos, vive sonhando em viajar e ver de perto vários outros lugares. Planeja ir primeiro com os amigos e, depois, quando tiver uns 18, começar a se aventurar sozinha. Quer conhecer o Brasil inteiro e o mundo inteiro também! E, talvez, morar fora do país por um tempo...

Bom, agora que você já sabe quem é quem, vamos aos acontecimentos desta história: o Gabriel e a Bia nunca estudaram na mesma escola nem andaram com a mesma galera, tampouco passaram férias juntos ou ficaram naquelas rodinhas conversando no *playground*...

Ainda assim, a Bia é apaixonada por ele desde que tinha 11 anos. E você pergunta:

– Nunca rolou naaaada?

E eu respondo: NÃO!

A Bia tentou de tudo. Essa história da capoeira, por exemplo, foi a cartada final.

Nas primeiras semanas, quase desistiu: saía destruída da roda, com o corpo todo doendo, e quando conseguia juntar as coisas para ir embora – cadê o Gabriel? –, ele já havia desaparecido...

Depois, ela estava quase desistindo do Gabriel, mas começou a gostar da roda e, então, aconteceu uma daquelas surpresas da vida.

Foi numa sexta-feira que tudo mudou: o Anderson, outro colega de capoeira, veio convidá-la para sair com a turma, ir tomar um suco numa lanchonete ali perto. Ela aceitou meio sem pensar e acabou sentada com o Anderson de um lado e o Gabriel do outro!

Mesmo com toda essa força do destino, o Gabriel parecia não prestar muita atenção na Bia, ao contrário do Anderson. E o clima ficou desse jeito até começar uma conversa sobre preservação da natureza e a Bia colocar toda sua "experiência" na roda. Ela falou das trilhas que fez e do tanto de lixo que encontrou pelo caminho... da vez que participou de um passeio numa reserva de Mata Atlântica, com o pessoal de uma ONG famosa, para recolher o lixo deixado por turistas-sem-educação-e-nenhuma-consciência-ecológica... do sítio dos pais, que tem uma área de mata preservada, e da quantidade de pássaros que aparecem por lá... A turma toda parou para ouvir, até o Gabriel.

Depois do suco os dois voltaram juntos para casa e não pararam de conversar um segundo. O Gabriel gostou muito de saber que sua vizinha era uma garota consciente que se preocupava com algo tão importante para ele... a natureza. Os dois também falaram de Astrologia, o que para a Bia era curioso e para o Gabriel, fundamental – a estrutura que explica tudo o que acontece... (segundo ele). E foi nessa mesma noite que o Gabriel fez o convite que deu início a toda essa história:

– Bia, você tem tudo a ver com uma galera minha que vai viajar agora nas férias...

– Sério? Como assim?

– É um pessoal da paz, sabe? Que adora passear, respeita demais a natureza e trabalha assim... como vou dizer?... Hummmm... com energia. Entende?

A Bia não entendeu, mas respondeu um "humhum" porque não queria quebrar o clima de encantamento que acontecia pela primeira vez entre ela e o amor de sua vida.

– Então, Bia, viaja com a gente?

O coração dela pipocou, mas ela segurou as emoções e não pulou no pescoço do Gabriel. Lembrou de tudo o que tinha lido na internet sobre como conquistar o menino dos sonhos e procurou ser o mais madura possível numa situação como aquela...

– Claro que viajo! Quando? Pra onde?

– Legal! Gosto de menina assim, decidida.

Aí ela abriu um sorriso enorme, que ninguém é de ferro, e se segurou mais um tanto para não se pendurar no pescoço... Bom... a história está meio repetitiva... vamos adiante.

– A gente vai para São Tomé das Letras, Bia. Já ouviu falar?

Ela tinha ouvido, sim, mas não sabia direito o quê... Pensou um pouco e arriscou:

– Eu acho que sim, Gabriel... mas... – e falou meio sem jeito – tem alguma coisa a ver com aquelas pedras São Tomé com que revestiram a piscina do clube aqui do bairro?

– Pois é, meu... Maior falta de consciência ecológica! Essas pedras vêm de lá, sim! As pedreiras estão literalmente detonando a paisagem de uma cidade linda...

– Mas então o que vocês... ops... hummm... o que a gente vai fazer lá?

– Ainda tem muita natureza pra curtir em São Tomé, Bia. Uma paisagem *show*, com cachoeiras, grutas, montanha... fica perto de Três Corações e é uma cidade muiiitooo alta... a terceira mais alta do Brasil! Só perde para Campos do Jordão e Monte Verde... É um pedacinho do sul de Minas Gerais que vale a pena conhecer... e tem o lance da energia, entende?

Mais uma vez:

– Humhum...

E, é claro, não entendeu nada.

O que veio depois pode ser resumido assim: coração pulando de alegria, combinação de quando seria a viagem, ligação para a guia da excursão, conversa com a mãe e com o pai, decepção por um não bem grande, coração apertado de tristeza, choro, greve de fome, dias escondida dentro de casa, notícia inesperada...

– Filha, sabe quem eu encontrei no elevador agorinha?

– Hã...

– O filho da Maria Eugênia...

– Hã???

– O Gabriel. Bom rapaz ele, não?

– Hãhã!!!

– Não sabia que ele estava no segundo ano de Gestão Ambiental. Por que você não me falou? Sabe, ele ficou de passar aqui para falar comigo e com seu pai sobre essa viagem para Minas...

– O GABRIEL? AQUI? Mãe, não A-CRE-DI-TO! Você falou pra ele que não me deixou viajar??? QUANDO ELE VEM AQUI???

– Bia, você anda enlouquecida desde que começou essa história de viagem com os amigos. Minha filha, você só tem 15 anos!!!

– Mãe, vamos combinar? Sem sermão, certo? Já ouvi tudo isso e nem estou mais pedindo nada.

– Pedindo não está, mas deixou de ir à capoeira há uma semana, não sai mais com ninguém, fica emburrada o dia todo pelos cantos, não aproveita as férias... Bom... O Gabriel vem hoje ainda: assim que seu pai chegar eu dou um toque lá no apartamento dele. Aí vamos ver se a viagem realmente pode ser boa para você.

A Bia não precisava ouvir mais nada... Passou o fim da tarde se arrumando. É claro que a mãe dela percebeu, mas não deu muita importância. Ela sabia que a filha estava apaixonada pelo Gabriel há séculos, mas pensava que essa história era uma "coisa de criança".

O Gabriel veio e, para infelicidade da Bia e tranquilidade de sua mãe, passou a tratá-la como se fosse uma irmã caçula... Em compensação, ele conseguiu convencer seus pais sem muito esforço, se responsabilizou por tomar conta dela o tempo todo e ainda ligou para a Marta, a guia do grupo, e pediu que ela falasse com a mãe da Bia e a tranquilizasse...

Foi aí que a mãe da Bia, conversando, descobriu que a tal Marta era uma antiga colega de faculdade. A conversa das duas parecia interminável! Colocaram em dia tudo o que tinha acontecido nos últimos dez anos, pelo menos... Combinaram um encontro para depois da tal viagem e toda a estratégia de "proteção à Bia" nessa ida a São Tomé das Letras... Foi uma série de recomendações que deixaram nossa protagonista pra lá de roxa de vergonha... e tudo na frente do Gabriel.

Na saída, a Bia, meio decepcionada, acompanhou o Gabriel até o elevador. Ele parecia feliz por conseguir garantir a viagem da amiga. E ela não estava mais segura se realmente queria viajar com um irmão recém-conquistado... mas um detalhe mudou tudo:

– Bia, vou passar uma mensagem pra você com a lista do que precisa levar na viagem, tá? – chegou perto e deu um beijo no rosto, mas que pegou meio de lado... ali no cantinho da boca, sabe como é? Deu uma piscadela e foi embora elevador acima...

O coração da Bia voltou a pular acelerado.

Será que ele fez isso de propósito? É óbvio que sim! Impossível fazer uma coisa dessas sem querer... não é???

E a Bia aguentou essas perguntas durante três dias inteiros! Na mensagem que ele passou, ainda na terça-feira, só tinha a lista do que levar e um recadinho:

"Bia, aqui vai o plano de viagem... A gente se vê na rodoviária porque vou resolver umas coisas antes, ok? Beijo e até sexta."

Ela mandou uma mensagem de voz: "Ok, até sexta. Beijo, Gabriel". Caprichou na voz, mas não teve resposta. Aí, a Bia tentou encontrar com ele na quarta e na quinta para resolver esse lance do beijo-de-canto-de-boca, mas não conseguiu. Ficou pensando se mandava outra mensagem sobre isso, mas sentia que esse era um assunto para ser tratado olho no olho... Então... fez uma chamada de vídeo.

Uma não. Umas dez. O Gabriel não atendeu nenhuma das vezes!

Coisa irritante!

Foi na capoeira e não viu o Gabriel.

Ficou fazendo hora na entrada do prédio, e nada do Gabriel.

Controlou a ansiedade e tentou se convencer de que logo estariam juntos e isso seria resolvido.

***

A sexta-feira até que chegou rápido e, com ela, a viagem... Agora era se preparar para quatro dias inteiros com o Gabriel!

O dia de sexta foi dividido por muitas sensações diferentes: tédio – ao ouvir a montoeira de conselhos repetitivos da mãe em várias ligações telefônicas e mensagens de áudio (já que a mãe trabalhava bastante, mas arrumava um tempinho para tudo!); euforia – cada vez que parava para pensar no que ia acontecer quando encontrasse o Gabriel na rodoviária; e esquisitice – sempre que relia a lista do que era para levar:

- toalha de banho ✅
- roupa de banho ✅
- 2 calças para caminhada ✅
- camisetas e bermudas ✅
- 2 pares de tênis ✅
- chinelo ✅
- roupa de dormir ✅
- 2 blusas de frio ✅
- boné ✅

- produtos de higiene pessoal ✅
- lanterna ✅
- cantil ou garrafa de água ✅
- protetor solar ✅
- documentos ✅
- papel celofane azul-marinho 🤔
- elástico 🤔

Que função um papel celofane azul-marinho e um elástico poderiam ter em um passeio em meio à natureza? Bem que ela tentou imaginar, mas o que lhe veio à mente foi um tanto absurdo e nem passou perto da utilidade que descobriria depois...

Mala feita, ligação de tchau para a mãe e para o pai, que continuavam no trabalho, pegou o metrô e foi para a Estação Barra Funda. Sabia que chegando lá deveria ir até a última rampa à esquerda da saída. O ônibus estaria esperando na plataforma e, com ele, o Gabriel.

***

A sexta-feira não era 13, mas trouxe surpresas bizarras...

Quando a Bia estava se aproximando dos bloqueios da estação, viu um grupinho reunido, todo "uniformizado". Eram umas quatro pessoas que vestiam camisetas com estampas de ETs. Extraterrestres mesmo! Achou muito estranho. Pensou que estivesse acontecendo alguma convenção maluca por ali, talvez no Memorial da América Latina, e concluiu que o melhor era passar longe e ir direto para o ponto de encontro combinado, porque estava bem perto da hora marcada.

Foi.

Desceu a rampa e ali não tinha nenhum ônibus... só mais umas quatro pessoas vestindo camisetas estampadas com figuras de ETs... entrando e saindo de uma *van*...

A Bia deu uma espiada na frente do carro e tinha um papel escrito "São Tomé das Letras". Gelou. Será que era isso o que significava aquela conversa sobre...

Como foi mesmo que o Gabriel falou?

Ahmmmm... "Energia"???

Um bando de malucos vestindo camisetas com ETs é uma turma legal que faz sei lá o que com energia??? O Gabriel é... diferente? Excêntrico?? Surpreendente???

Ela não conseguia definir nem o que pensava da situação... quanto mais do Gabriel! Nunca a Bia imaginaria algo assim.

Tentou ficar meio de longe, esperando o Gabriel chegar, mas não deu certo. Uma mulher de cabelos vermelhos e curtíssimos, toda sorridente e também com camiseta de ET colada no corpo se aproximou:

– Olá, querida. Você veio participar de nossa excursão para São Tomé das Letras?

– Não! Bem, quer dizer... não sei... é que eu combinei com um amigo de encontrar ele aqui e é ele que conhece o pessoal com quem a gente vai viajar, sabe?

– Mas, meu bem, você vai para São Tomé das Letras?

– É, vou. Acho...

– Então é conosco. Só tem a nossa excursão saindo daqui...

Ai! Sem chance de escapar, não é? E o Gabriel???

– Qual é o seu nome, querida?

– Bia... quer dizer, Beatriz Pereira.

– É, Bia. Você está na nossa lista. Eu sou a Martinha... A gente se falou por telefone, lembra?

– Ah... lembro sim... você falou com minha mãe também...

– Isso mesmo! Você é a filha da Heleninha, certo? Muito querida ela!!! Que saudade do nosso tempo de faculdade... Olha, prometi a ela ficar de olho em você... Você é amiga do Gabriel, não é?

– Sou. Você conhece o Gabriel?

– Claro, ele sempre viaja com a gente! Seja bem-vinda, querida. Pode colocar sua mala lá atrás e escolher um lugar na *van*.

– Está bem, então...

Ela queria perguntar se o Gabriel sentaria ao lado dela, se podia guardar lugar, mas não teve coragem. O jeito era esperar. Colocou a mala na parte de trás do veículo e, quando entrou na *van*, uma surpresa...

Se você pensa que o Gabriel chegou... não foi nada disso! Lembra? Clima de sexta-feira 13!!!

– Pessoal, essa é a Bia! – anunciou a Martinha em voz bem alta. – É a primeira vez que ela viaja com a gente. Ela é amiga do Gabriel. Vamos dar as boas-vindas para ela?

Depois disso, tudo aconteceu super-rápido. A moçada que estava por ali se reuniu em volta da Bia e começou a abraçá-la e beijá-la... falando que era legal ela ter vindo, dizendo que o Gabriel era amigo de todos, que ela adoraria o passeio, que ali todo mundo era do bem... A Bia ficou totalmente sem jeito e, quando percebeu, já estava sentada em sua poltrona com um sorriso estático no rosto.

O pessoal começou a ir para seus lugares e, então, a Bia notou que a maioria era bem jovem. É certo que ela devia ser a mais novinha por ali... mas a turma tinha cara de 18, 19 anos, e os mais velhos pareciam ter uns 20 e poucos anos no máximo. Só a Martinha aparentava uns 30 anos... ela parecia mais nova que sua mãe, bem mais nova... Aquela turma que estava nos bloqueios do metrô surgiu de repente, e todo mundo desceu de novo para um abraço geral.

Ela ficou no lugar e viu que mais uma garota, sentada um pouco à frente, também não desceu da *van*. E um outro cara compridão ficou sentado um pouco atrás de onde ela estava. Os três trocaram olhares e sorrisos meio que dizendo:

– Pois é, eu não faço parte dessa galera...

A Bia olhou para trás e viu que o carinha usava uma camiseta preta com a estampa de um disco voador...

Bom, pelo menos variou um pouco, né?

Aí, se esticou para ver se a menina lá da frente usava camiseta de ET também, mas não conseguiu enxergar o que ela vestia.

Logo todos começaram a entrar de volta na *van*, e nada do Gabriel. Pelo horário marcado, já estavam com quase meia hora de atraso!

Mais um garoto chegou com a bagagem e... uma luneta! E cismou de montar a luneta em um tripé ali mesmo na rodoviária... um pouco para a frente, onde a plataforma não era coberta. E dá-lhe todo mundo descer e ajudar a montar a luneta e competir por um lugar na fila para espiar o céu.

Aí a garota da frente se levantou e veio sentar ao lado da Bia, e falou olhando para ela e para o garoto do fundo, que novamente ficou por ali:

– Mas esse pessoal é muito doido mesmo, né? O que eles estão procurando nesse céu nublado e cheio de poluição?

E o garoto concordou:

– Pois é... Imagina se aqui em São Paulo vai dar para ver algum óvni? Se nem estrela dá pra ver direito com toda essa poluição...

– Óvni? – a Bia perguntou meio sem vontade e reparou que a garota usava uma camiseta preta sem nenhuma estampa de ET.

– Objeto voador não identificado... – respondeu o garoto.

– Ah... tipo astronave de alienígena? – completou a outra.

A Bia sorriu de novo, mas achou a garota um tanto chata e o carinha, um maluco. É claro que ninguém estava procurando óvnis no céu de São Paulo... era apenas uma turma de amigos fazendo bagunça e se divertindo... Fora isso, a garota intrometida se sentara no lugar reservadíssimo para o Gabriel.

Alguns minutos depois a turma entrou de novo e comentou:

– Era um não confederado, tenho certeza! Vermelho daquele jeito...

– Difícil dizer... com essa luz toda da cidade não dá pra ver direito o óvni... podia ser um confederado...

– O certo é que a viagem vai ser quente! Se eles já estão aqui, tá na cara que vão acompanhar a gente.

Óvni? E que história é essa de não confederado pra cá e confederado pra lá? E essa conversa de acompanhar a gente? Estão aqui? Como assim???

A Bia olhou para a menina ao seu lado, agora muito séria. Depois olhou para trás e viu o garoto da camiseta de disco voador com uma cara de "Não falei para vocês? Essa turma estava sim procurando ET no céu de São Paulo!".

Ela desviou o olhar rapidinho e tentou se concentrar nas pessoas que ainda estavam do lado de fora. Quando o Gabriel chegasse, pediria licença para a menina e diria que aquele lugar era dele.

A Martinha pôs a galera para dentro e avisou que todo mundo sentasse porque ia começar a viagem. Foi então que a Bia se desesperou... levantou e seguiu até a Martinha:

– Martinha, a gente não vai esperar o Gabriel?

– Oi, querida. O Gabriel não vai com a gente desta vez, não...

– Como assim, não vai? Mas ele combinou comigo!

– Ele ia viajar com a gente, mas parece que os pais dele fizeram uma surpresa e deram uma viagem para a Bahia de presente para ele. O Gabriel ligou para mim na quarta--feira avisando que já estava a caminho do aeroporto. Você não sabia?

A Bia teve vontade de gritar que não e sair correndo para casa... porém só fez um não com a cabeça e voltou para sua poltrona... Podia ter desistido de tudo ali mesmo, mas ficou. Sem conseguir pensar direito.

Fixou o olhar na janela da *van*, fazendo força para imaginar que não estava ali e nada daquilo estava acontecendo com ela.

Não é clima de sexta-feira 13?

Ai, que ódio do Gabriel! Como ele pôde fazer uma coisa dessas comigo? Será que esqueceu de mim? Eu odeiooooooo esse moleque!

Pegou o celular e escreveu: "Gabriel, pq n avisou q desistiu da viagem? Sacanagem. To mto decepcionada c vc!".

Enviou e se arrependeu. Não queria parecer imatura. Ficou olhando para a tela. Só um risquinho. Mensagem enviada, mas nem foi entregue. E ele nem tinha atendido suas chamadas nos dias anteriores. Com certeza estava desconectado, sem internet, como ele gostava de ficar.

Odeio mesmo esse moleque!

Apagou a mensagem. Não ia deixar rastro desse seu ódio repentino! Ia guardar tudinho para triturar o Gabriel depois.

E ficou remoendo desse jeito, gritando para dentro, até a Martinha se levantar de novo e falar:

– Meus queridos, quero desejar a cada um de vocês uma viagem incrível e cheia de contatos imediatos de primeiro grau!

A turma fez uma bagunça, assoviando, batendo palmas, festejando a Martinha. A Bia, ainda longe, olhou para a frente da *van* e viu aquela mulher diferente... um jeito descontraído e simpático, toda em forma, com aparência de quem pratica esportes o tempo inteiro, um ar de amiga mais velha, não de mãe.

– Agora, queridos, vou pedir que descansem...

Uma vaia coletiva seguiu o pedido.

– É sério. Quem já fez essa viagem sabe que ela é puxada. A gente vai caminhar um monte por lá... de dia e de noite... é bom chegar descansado. E tudo começa amanhã bem cedo. Não vou falar uma porção de coisas agora... a gente vai se conhecer aos poucos... – e olhou para a Bia.

– E a galera que já viaja com a gente há um tempão vai ajudar, né?

Mais bagunça, e a Martinha agradeceu e sentou.

A Bia não conseguia deixar de lado o ódio mortal pelo Gabriel, mas fazia força para pensar que essa viagem não precisava ser de todo ruim. Era a primeira vez que ela viajava sozinha! E isso aconteceu bem antes dos 18 anos!!! Talvez fosse seu sonho virando realidade... Talvez fosse melhor dar um jeito e aproveitar.

A raiva pelo idiota do Gabriel pode esperar uma semana, não é? Mas precisava estrear a minha vida de viajante com uma galera tão estranha?

Pensando nisso, levou um susto quando ouviu:

– Você também é amiga do Gabriel?

– Humhum... – respondeu para a folgada que continuava ao seu lado. – Você já viajou com ele e com essa galera?

– Não... eu sou amiga dele lá da faculdade. É minha primeira vez com essa turma. Eu sou a Bia.

– Eu também sou a Bia... – falou, já achando a situação bizarra demais e enlouquecida com o fato de o Gabriel ter convidado uma colega de faculdade para a viagem... ainda mais com o mesmo nome dela...

Pior: se ele estivesse ali seria uma viagem a três, e não a dois!!!

No que esse imbecil estava pensando???

– Que legal! Mais uma coisa em comum... além do Gabriel! – e deu um sorriso que pareceu à Bia ser pura provocação. O pior é que a Bia começou a reparar e achar essa sua concorrente bonita demais... mais velha, morena, com um corpão... *Ai, que ódio!!!*

– O meu Bia é de Bianca – continuou. – E o seu?

– De Beatriz.

– Ah, então eu sou mais Bia que você, né? Você é Béa... – e caiu na risada. A Bia achou tudo muito sem graça.

– Mas conta aí, Béa, de onde você conhece o Gabriel?

– Eu moro no mesmo prédio que ele e nós fazemos capoeira juntos! – falou a Bia, tentando mostrar que era muito íntima do Gabriel e fazendo um esforço enorme para ignorar o "Béa".

– Ah... a capoeira... Sabe que ele vive me chamando para eu ir um dia lá? Mestre João, né? Mas capoeira não é muito a minha praia. Eu adoro é dançar. Faço um monte de aula de dança. O Gabriel já me viu dançar numa festa árabe, dança do ventre... ele gostou bastante... Pergunta pra ele!

A Bia respirou fundo e torceu com toda a força para aquela garota desaparecer... mas nada, ela continuou firme e forte... e falando sem parar!

– E, então, legal essa história do Gabriel ter ido para a Bahia, né? Ele queria isso há tanto tempo...

– É mesmo... – a Bia se concentrou para responder e mais uma vez sentiu que precisava mostrar que era íntima do Gabriel; afinal, o conhecia desde sempre, não conhecia? – Salvador deve ser lindo...

– Salvador? Mas ele foi para a Chapada Diamantina!!!

– Eu sei disso – tentou consertar rápido. – Falei Salvador só por falar.

– Ele me ligou na quarta-feira cedinho, contando tudo. Até me chamou para ir com ele... mas eu já tinha investido a maior grana nesta viagem, não ia desistir... Fora que faz tempo que quero conhecer São Tomé das Letras e para a Chapada eu já fui duas vezes... Tenho tios na Bahia... Bom, estou vendo que você está com cara de cansada... e eu falo demais! Vou ficar quieta e seguir o conselho da Martinha... tentar descansar.

Pior não podia ficar... Em vez de quatro dias de romance, a Bia ganhou uma viagem com um bando de caçadores de ETs e com a provável amante do amor de sua vida!!! Ia gastar a viagem inteirinha para planejar uma vingança extremamente dolorosa contra o Gabriel. Isso sim!

Lá no alto daquele morro, passa boi e astronave

A Bia nem percebeu... mas dormiu. E dormiu muito. Acordou com o carro parado em uma estradinha... não era mais a Fernão Dias. A turma estava toda agitada fora da *van*. Aos poucos alguns retornavam fazendo algazarra.

Ela espreguiçou e viu que a Bianca ainda dormia ao seu lado.

Um rapaz magrinho entrou e foi direto até ela. Ajoelhou no banco da frente e começou a falar:

– Você viu?

– Viu o quê?

– A nave!!!

– Vi nada não. Estava dormindo.

– Cara... essa viagem vai ser tudo. Eu nunca tinha visto assim por tanto tempo. A gente percebeu logo que saiu da cidade de Três Corações e pegou esta estrada. Ela começou a acompanhar a *van* aqui do lado esquerdo... A gente resolveu parar, e ela chegou mais perto, fez uns desenhos malucos no céu e foi embora... Incrível!!!

– Que legal – foi o que a Bia conseguiu falar sem saber ao certo se era legal mesmo.

Aos poucos, todos voltaram para seus lugares, e o garoto também se levantou e foi falar com os amigos, certamente mais entusiasmados que ela.

Sem entender direito por que, a Bia ficou com uma sensação de frustração... Nunca tinha pensado em ETs, naves, nada disso. Pelo menos não a sério. Gostava de filmes de ficção científica e achava que extraterrestre só fazia parte desse mundo, o da ficção. Mas ali ela estava no meio de pessoas que tinham alienígenas aparentemente como parte de sua realidade.

E se estou no meio disso tudo, pelo menos podia ver uma navezinha besta que todo mundo viu, não é?

Decidiu voltar a dormir... mas foi aí que olhou para fora da janela e viu uma lua cheia enorme! Linda! Nunca tinha visto uma lua assim... E mesmo ela estando cheia, dava para ver estrelas pipocando no céu. Que lindo!

Começou a prestar atenção em volta. Uma paisagem escura se delineava... conseguia ver a silhueta de árvores, mas não dava para saber como eram ao certo. A *van*, em movimento, fez uma curva e o povo começou a comentar:

– Olha lá. São Tomé!

– Estamos chegando!!!

Ela avistou ao longe alguns pontos de luz iluminando uma cidadezinha bem no alto da montanha. Dava a impressão de que faltava muito para chegar lá e que seria preciso subir muito também... A cidade parecia toda branca, estranhamente iluminada naquela paisagem escura.

Sentiu um calor por dentro. Era como se soubesse que ia gostar daquele lugar, ainda que tudo estivesse acontecendo de um jeito diferente do sonhado por ela.

O trajeto era cheio de curvas e a cidade mudava de lado a cada uma delas. Intrigante. Dava uma sensação esquisita de que São Tomé das Letras dançava sob a Lua, atravessando a estrada a cada curva.

Foi uma subida realmente longa que levou a *van* até a entrada da cidade.

Olhos bem abertos, as mudanças acontecendo e sendo percebidas por todos os sentidos.

A *van* começou a pular demais... acabou o asfalto. Pela janela viu que o calçamento era feito de pedras, grandes e desiguais. Não dava para ver bem, mas pareciam com aquelas usadas lá na piscina do clube, as tais pedras São Tomé.

As casas eram simples. Algumas de alvenaria, outras totalmente feitas com essas pedras. A maioria tinha as luzes apagadas. Pensou que devia ser tarde. Madrugada talvez. Olhou o celular, mas estava apagado, descarregado.

Viraram à esquerda e logo passaram por uma igreja grande, toda construída com o mesmo tipo de pedra. Parecia que uma pedra se encaixava à outra. Um visual diferente, pesado, exótico, bonito.

Um pouco à frente, uma rodoviária. Imaginou que fossem parar ali, mas não. A *van* virou para a direita e começou a pular ainda mais. Pegaram uma estrada de terra. Uma poeira densa levantou e envolveu o carro. Da janela fechada, ela continuou a ver a noite, uma vegetação que ora parecia baixa, ora mais alta... pedras que formavam paredes em alguns trechos... a Lua governando o céu. Linda.

Só então a Bia percebeu que saíam da cidade e deixavam as ruas iluminadas para trás, mas a Lua continuava clareando o caminho e tudo mais ao redor, de um jeito branco e suave. Pena que a bateria do celular tinha acabado, aquela Lua ficaria linda no seu perfil... mas nada de foto.

Andaram mais de meia hora até chegarem a uma porteira. O motorista desceu para abri-la, passou por ela, desceu de novo para fechá-la.

Uma fazenda?

O povo foi se agitando. Estacionaram perto de uma construção grande e bonita, toda feita com tijolinhos. Era um refeitório, que os esperava com as luzes acesas. Antes de descerem, a Martinha falou:

– Queridos, é tomar o chá, pegar a mala e ir para a cama. Eu vou distribuir vocês nos quartos. São três e meia da madrugada... Acordo todo mundo às sete e meia para o café da manhã.

A galera riu, e a Bia achou que devia ser brincadeira; afinal, já eram três e meia... Acompanhou o fluxo. O chá estava uma delícia e tinha um bolo de mel maravilhoso também. Comeu dois pedaços, tomou uma xícara enorme de chá, viu de longe a Martinha conversando com um homem que parecia ser o dono do lugar, esperou a conversa acabar e foi falar com ela para saber onde ficaria.

– Deixe ver, querida... ah, sim... Você fica com a Bianca no chalé 13...

Bianca já chegava e abria um sorriso de orelha a orelha:

– Que bom!!! Vamos ficar juntas!!! Bia e Béa... essa dupla é poderosa!

Inacreditável! O quarto só podia ser 13 mesmo...

O pessoal pegava as malas e seguia por um caminho iluminado por lampiões. Bia foi atrás, tentando ignorar a Bianca, que estava grudada nela. Acharam um conjunto de chalés e logo as duas se instalaram no 13.

Bianca tentou puxar conversa. Bia ignorou, jogou a mala num canto, tirou os sapatos e se deitou na cama com roupa e tudo. Antes de pegar no sono, falou, mal-humorada:

– Seguinte, dá pra parar de me chamar de Béa?

– Desculpa aí, não tinha percebido que estava incomodando você.

– Não estava... está incomodando. Chega, tá?

– Tá.

E dormiu logo em seguida.

***

Acordou, pelo que parecia, pouco depois, com uma sensação enorme de canseira e de que algo realmente errado acontecia...

Um apito???!!!

Isso mesmo. A Martinha passeava entre os chalés, apitando e chamando:

– Vamos levantar, queridos! Priiiiiii! Está na hora do café!!! PRIIIIIII! PRIIIIII! Quem não levantar vai para o passeio sem comer!!!

Bia tentou cobrir a cabeça, mas não adiantou: a Martinha gritava e apitava com força.

Ô maldição!

Foi para o chuveiro se arrastando. A Bianca se levantou em seguida, deu bom-dia, lavou o rosto e foi tomar café. Quando a Bia finalmente saiu do chalé, não tinha ninguém por perto. O ar estava fresco, friozinho... em volta, muitas árvores.

Lembrava a mata do sítio de seus pais. Era bonito ali. Flores, que pareciam ser cultivadas com cuidado, enfeitavam os chalés. Uma primavera totalmente florida em cor-de-rosa se misturava com as folhas de uma palmeira, usando-as como apoio para crescer e florir. Os chalés também eram uma graça, todos de tijolinho e formando um conjunto que, para Bia, pareceu uma vila de casas de boneca.

Olhou em volta procurando o caminho dos lampiões percorrido na noite anterior e o encontrou. Viu o refeitório bem próximo e parou para olhar a paisagem. Estava num vale verde, em volta cresciam montanhas para todos os lados. Algumas áreas eram cobertas por mata, formando um tapete de vegetação de diferentes tons esverdeados. Outras pareciam ser campos, pastos talvez?

Encheu o peito de ar. Que gostoso...

– Bia, anda logo! Todo mundo está acabando o café e a gente vai sair já-já – era a Bianca chamando da porta.

Pelo menos deixou aquele Béa ridículo de lado.

Entrou no refeitório lotado, tinha muita gente ali... mais que a turma da *van*. Ganhou muitos "bons-dias" e perguntou para a Martinha quem era aquele pessoal.

– É uma excursão de pessoas que praticam meditação transcendental... Eles ficam até amanhã apenas.

Não fazia a mínima ideia do que fosse meditação transcendental, mas isso não perturbou o seu apetite. Deliciou-se com uma mesa incrível: pão de queijo quentinho, café com leite, pão caseiro, geleia de mexerica, manteiga, bolo de banana, queijo fresco... tudo feito ali, segundo um garoto ruivo que começou a contar que a pousada ficava dentro de uma fazenda e que ali eles plantavam de tudo, cultivando de forma orgânica, sem agrotóxicos... Ela só ouviu e se concentrou em comer.

Aquele garoto da camiseta de disco voador chegou... ainda mais atrasado que a Bia. Sentou-se ao lado dela, falou um "oi" e atacou a comida.

– Que delícia, né? – ele comentou.

– Humhum! – concordou a Bia, de boca cheia.

– Você sabe pra onde a gente vai agora?

– Hã-hã... – ela fez, balançando a cabeça negativamente.

– Pelo menos tem alguém tão perdido quanto eu nesta viagem!

Ela sorriu... afinal, ele não parecia ser tão maluco à luz do dia.

– Eu sou o Pedro. E você?

– Bia – respondeu, depois de engolir mais um tanto de bolo.

Uma mulher bonita apareceu para perguntar se precisavam de mais alguma coisa.

– Ah... quero mais pão de queijo, por favor... – pediu Bia.

– Trago já! – e, sorridente, foi buscar os pãezinhos.

– Quem é ela? – perguntou para Martinha.

– É a Leila, esposa do seu Paolo. Um doce de pessoa... é ela quem coordena as mulheres para cozinhar isso tudo, arrumar os quartos enquanto a gente passeia... e sempre assim, sorrindo.

Pouco depois, a Leila voltava com um prato cheio de pães quentinhos. Todo mundo pegou mais, é claro. Quando acabou de comer, a Bia foi direto para a *van*, porque a Martinha já estava irritando de tanto assoprar o maldito apito.

– Oi, você é a Bia, né? – perguntou uma garota sardenta e de cabelos encaracolados. Em seguida, continuou, sem esperar a resposta. – Eu sou a Mariana. Você colocou roupa de banho?

– É pra colocar?

– Se é... A gente vai passear em cachoeira antes de voltar pra cá de novo. Você não leu o programa da viagem? É bom ir logo... eu aviso a Martinha que você foi se aprontar.

Ela não tinha lido o tal programa. Lembrou que a Martinha entregara uma folha para ela na noite anterior, antes que fosse para o chalé, mas estava tão cansada que nem prestara atenção.

– Mas a gente vai entrar na cachoeira com esse frio? – perguntou, ainda indecisa.

– Você nunca veio para cá? Daqui a pouco vai estar o maior sol... Clima de montanha, sabe? Frio de manhã, calor de tarde e frio à noite de novo... Corre lá, vai.

Correu para valer, mas foi difícil encontrar o que precisava, já que nem tinha desmanchado a mala por completo. Quando chegou de volta, recebeu uma vaia coletiva... Era brincadeira, mas a Bia ficou totalmente sem jeito. A Martinha a segurou pelos ombros na frente da *van* e pediu:

– Queridos, dessa vez passa, né? É a primeira viagem e o primeiro passeio dela... mas, da próxima, a gente vai e deixa o atrasado para trás, certo?

Esse final radical não combinava com a quantidade de "queridos" que a Martinha falava. Logo na frente viu o Pedro sentado conversando animadamente com um loirinho... mas nem olhou pra cara dela. A Bia abaixou a cabeça e se arrastou para o seu lugar. Quase teve um chilique quando viu a Bianca sentada ali de novo.

– Oi, Béa! Ops. Deixa eu começar de novo: Oi, Bia! Vou continuar sentada aqui com você, tá? Assim a gente vai conversando...

Nem deu para responder, a Martinha pedia atenção:

– Queridos, vamos sentar porque já estamos de saída. Hoje o passeio vai durar o dia inteiro! Não voltaremos para o almoço, por isso levaremos lanche e suco, mas espero que vocês tenham aproveitado bem o café da manhã... Agora vamos até a Ladeira do Amendoim e a Gruta do

Carimbado, certo? Depois, Vale das Borboletas e, só então, retornaremos.

A turma recomeçou a conversa, e a Bia virou para a janela, sem querer dar chance de diálogo para Bianca. De imediato percebeu que havia muito para olhar. Tinham andado menos de cinco minutos e a paisagem já era bem outra. Começava a ver o que imaginara na noite anterior, mas o visual era muito diferente do que já tinha visto ou imaginado. As árvores altas e a grama verde, que cercavam o refeitório e o chalé, desapareceram. O que a Bia enxergava pela janela da *van* era uma mata mais baixa, dos dois lados da estrada de terra poeirenta. Muitas árvores retorcidas com troncos de casca grossa, muitos arbustos emaranhados uns nos outros, folhagem toda coberta de poeira... Era como se as folhas fossem feitas de terra. Quase não tinha verde perto da estrada... Apenas mais para o fundo, longe da rua e da poeira avermelhada, o verde reaparecia. Aqui e ali surgiam flores diferentes e muito, muito coloridas, que se destacavam na paisagem. O céu estava azul demais. Lindo! Mas não parecia que iria esquentar.

– Estranho, né? Sentir frio em pleno mês de dezembro?

– É... e essas plantas cobertas de poeira... – a Bia nem percebeu e já estava respondendo para Bianca.

– Deve fazer tempo que não chove por aqui. Olha como a terra está seca.

A Bia reparou no chão e viu a terra seca, mas viu mais: ali do lado o solo era formado por terra e pedra, muita pedra. Pedras escuras, cinzentas, grandes e pequenas, grossas e irregulares. Olhou a estrada por onde o carro passava e viu que ela também tinha muita pedra, algumas soltas... Ficou com vontade de andar a pé por ali e olhar tudo aquilo de perto. A Bia pensava que andar a pé sempre aproximava mais a pessoa do lugar.

– Você conhece a Paloma, Bia?

– Que Paloma?

– A namorada do Gabriel... ela é superlegal.

A Bia gelou.

Como assim? A amante do amor da minha vida conhece a namorada dele e acha a menina legal? Pior: o amor da minha vida tem uma namorada???

Respirou fundo:

– Mas eu pensei que... – e parou no meio do que ia dizer.

Bianca olhou para ela curiosa. Refletiu um pouquinho e caiu na risada:

– Você pensou que eu tivesse alguma coisa com o Gabriel? Ai, Béa!!! Quer dizer, Bia. Eu adoro aquele moleque, mas adoro como irmão, entende? E ele é apaixonadérrimo pela Paloma há mais de um ano... os dois falam até em casar e ter filhos... Acredita que já escolheram o nome para os cinco filhos que vão ter? Cinco! Eles devem estar na maior lua de mel lá na Chapada...

Bia sentiu algo estranho: estava decepcionada com a notícia desse namoro-apaixonado-quase-casamento-com--família-cheia-de-filhos e, ao mesmo tempo, estava mais tranquila em saber que a Bianca não era sua rival. Não tinha por que evitar contato com ela, então. Pelo contrário, poderia saber mais sobre essa tal de Paloma... mas precisava ir aos poucos. Faria amizade com a Bianca primeiro... depois investigaria.

– Bianca, eu nunca vi árvores desse jeito... – tentou desviar o assunto. – Você sabe que tipo são elas?

– São de vários tipos... Mas desse jeito como, Bia?

– Assim, tudo torta... e uma se enroscando na outra.

– Ah... você nunca viu uma vegetação de Cerrado, é isso? Como diria uma amiga minha: nem tudo que é torto é errado, veja as pernas do Garrincha e as árvores do Cerrado...

Bia riu e perguntou intrigada:

– Cerrado? Mas isso não é lá no meio do Brasil? A gente está no sul de Minas...

– Pois é, Bia... olhando no mapa é isso que parece, né? Mas no mundo real não é bem assim, as divisões não são tão certinhas quanto nos mapas. Existem manchas de Cerrado aqui em Minas e no interior de São Paulo também. O Cerrado chega até o Sul do Brasil, sabia disso?

A Bia fez que não com a cabeça e a Bianca continuou... ela realmente gostava de falar:

– A gente está no extremo da Serra da Mantiqueira. Aqui em São Tomé das Letras a gente vai ver uma mancha de Cerrado se misturando com a Mata Atlântica... Já faz tempo que eu queria conhecer essa região, como contei ontem pra você... O Gabriel me falou bastante dessa paisagem, dessa mistura, desse lugar feito nas pedras... E contou as surpresas que vamos ter no passeio ao Pico do Gavião, mas vou deixar pra você ver lá – e fez cara de suspense.

Mesmo com a poeira do lado de fora, Bia abriu a janela e ouviu vários cantos diferentes, mas não viu nenhum passarinho. Sentiu o cheiro da terra seca, o nariz arder, a poeira grudar na pele e secar sua garganta, sentiu o vento gostoso e abriu um sorriso. De repente viu um pássaro voando perto da estrada:

– Olha, é um gavião!

– É um gavião-caboclo... tem muito desse em região de Cerrado, já vi vários deles quando viajei... ele deve ter encontrado algum lagarto ou cobra... vai dar um mergulho daqui a pouco, você vai ver.

– Tem cobra aqui?

– Ai, Bia! Claro que tem, né?

A *van* se afastou e não viram o final da caça do gavião... Logo estavam chegando à cidade e saindo dela.

– Engraçado vir para São Tomé e não ficar na cidade... – disse Bia, pensativa.

– São Tomé das Letras é a cidade, mas é mais que a cidade também. Como todo lugar.

– Mesmo assim eu quero conhecer a cidade, Bianca.

– E eu quero conhecer tuuudooo, Bia. Essa galera pode ser meio maluquinha – e falou isso baixinho –, mas pelo que o Gabriel contou, andam pra caramba! É disso que eu gosto! Nada de ficar parada mofando no lugar, fazendo um passeio curtinho por dia e depois descansando o resto do tempo em um bar, bebendo cerveja e jogando truco... ARGH! Fora isso, ADORO gente maluquinha! Sempre é mais divertido do que gente muito normal.

– Você viaja muito sozinha?

– Sempre! Adoro conhecer lugares e pessoas... quando a gente viaja com amigos acaba ficando num grupinho mais fechado. Acho isso um saco! Só é legal quando o grupo é bem pequeno, até umas quatro pessoas... porque aí a interação com os outros acaba rolando também. E você, Bia?

– É minha primeira vez. Nunca viajei só com amigos.

– Como assim?

– Até hoje só tinha viajado com meus pais... Bem, uns amigos meus viajaram com a gente algumas vezes, mas sempre com meus pais, entende?

– Sei... É legal estar assim sozinha, não acha?

– Acho – falou sem pensar, mas depois percebeu que achava mesmo que era o máximo estar viajando sozinha aos 15 anos... que era uma garota independente e aventureira... pelo menos passava essa ideia até para si mesma. E pensou no que a Bianca disse sobre conhecer melhor o lugar e as pessoas...

Terra e pó, barro e água

– Vocês não vão ficar isoladas aqui, né? – era a Mariana vindo lá da frente puxar conversa. Com ela, vinha aquele ruivinho totalmente sardento, que falara sobre a fazenda no café da manhã, e o garoto magrinho, que puxara conversa com a Bia na noite passada, depois do avistamento do suposto óvni na estrada perto de São Tomé. – A Bia eu já conheci... Eu sou a Mariana, e você, quem é?

– Meu nome é Bianca.

– Que legal, Bia e Bia juntas!!! – falou o ruivinho.

– Bom, eu acho que é Bia e Béa, porque o nome dela é Beatriz! – falou a Bianca fazendo graça e ainda completou: – Mas ela não concorda e quer ser a única Bia daqui... fazer o quê?

A Bia segurou no banco para não voar em cima da garota, e os outros três riram daquelas bobagens. Mariana continuou:

– Melhor combinar já: você é Bianca porque é a mais velha e ela é Bia porque é a mais novinha.

Apesar de não ver lógica nenhuma naquilo, Bia gostou da proposta.

Quem sabe assim a Bianca acaba com esse "Béa" de uma vez por todas...

E a Mariana nem deu tempo para alguém recusar sua ideia:

– Esse aqui é o Lucas, mas por aqui o nome dele é Ruivo... e esse é o Cristiano, mas vocês podem chamar de ET que ele atende. Nós três viajamos com essa turma outras duas vezes, mas foram fins de semana curtos e não deu para conhecer tudo ainda. Essa viagem é maior e vai dar para fazer os passeios longos que não fizemos das outras vezes! Legal, né?

Apresentações feitas, os cinco foram conversando de forma descontraída até a *van* parar.

– Queridos, para quem não conhece, aqui é a Ladeira do Amendoim – começou a Martinha. – Ninguém explica direito o porquê, mas o fato é que nessa descida a gente solta o carro com o motor em ponto morto e ele volta para trás. Ou seja, ele sobe o morro sozinho... É como se algum tipo de força puxasse ou empurrasse ele de volta. Os que já fizeram esse passeio podem descer. Faremos a vivência a pé. Os que não conhecem, fiquem aqui e venham para a frente da *van*.

A maior parte da turma desceu. Dentro ficaram Bia, Bianca, Pedro e mais um sujeito de óculos, com cara séria e emburrada. Realmente aconteceu o que a Martinha descreveu. A *van* desceu a ladeira, chegou lá embaixo e começou a voltar, de ré. Primeiro devagar, depois foi ganhando impulso. Foi divertido e, ao mesmo tempo, intrigante. Quando chegaram lá em cima, desceram da *van* e a Martinha foi falar com os quatro:

– O que acharam, queridos?

– Eu achei superlegal – respondeu Bia.

– Intrigante... – comentou baixinho Pedro.

– Por que isso acontece, Martinha? – perguntou Bianca.

– Não sei, querida. São diversas as teorias, mas nunca ouvi uma explicação científica...

– É uma ilusão de ótica... – falou o cara de óculos e saiu dali.

– É, ele pode ter razão, mas o que sei de verdade é que a Ladeira do Amendoim parece estar sumindo aos poucos...

– Como assim? – quis saber a Bia.

– Quando comecei a vir aqui, há uns 12 anos, a ladeira parecia maior, mais íngreme. Agora, se vocês olharem bem, dá a impressão de que ela está sendo aterrada. Posso estar enganada, mas a sensação que tenho é que ela está mais plana.

– Mas quem poderia estar aterrando a ladeira? – quis saber Pedro.

– Não tenho certeza, querido. Mas eu arriscaria dizer que são as pedreiras da região. Aqui em volta tem várias e, para elas, a extração das pedras dá mais lucro que o turismo ecológico... Entende?

Os três se olharam quietos, pensando naquela afirmação.

– Queridos – Martinha falou mais alto para a turma –, agora vamos para o Carimbado! Nosso caminho para Machu Picchu...

– Ela está falando sério? – a Bia perguntou para a Mariana.

– Claro! Os moradores aqui da cidade dizem que o Carimbado é um caminho que leva até a antiga cidade peruana... O fato é que nunca ninguém conseguiu chegar até o final dessa caverna. Ninguém... nem o exército! – e fez cara de "Isso não é incrível?".

Subiram um morro até o Carimbado, e a Bia não deixava de pensar no quanto aquele lugar era seco. Quanta pedra e poeira... O sol estava mais alto e começava a esquentar. Ela refletia que não era à toa que as árvores por ali eram todas retorcidas e com os troncos enrugados... parecia que também elas estavam a ponto de secar, como a terra em volta, ou de endurecer, como as pedras. Chegaram a um buraco no chão.

O caminho para Machu Picchu começa num buraco? Que coisa mais sem graça!

– Aqui é a entrada do Carimbado, queridos. Vamos juntos e vou pedir que ninguém aponte a lanterna para o teto em hipótese alguma! Ok? Precisamos respeitar o Carimbado e seus moradores... Só iluminaremos o chão. Ah... e nada de fazer barulho, falar alto. Vamos falar apenas o necessário e bem baixinho...

– Por que isso tudo? É alguma superstição?

– Não, Bia – respondeu Mariana. – É muito sério! A caverna é cheia de morcegos. Se apontarmos a luz para eles, vai ser uma baita revoada... melhor não experimentar.

– Ah... tá... – mas a Bia achou que a Mariana estava era querendo colocar medo nela.

Um por vez, todos entraram pelo buraco. A Bia seguiu depois da Mariana e antes da Bianca. A primeira sensação que teve foi de que o lugar, ao contrário de tudo o que vira lá fora, era úmido e fresco. As paredes pareciam ser de argila, o teto não aparentava ser muito alto, mas na escuridão não dava para ter certeza, e o caminho era um tanto estreito. Logo ela começou a sentir um sufoco, e um cheiro forte passou a queimar suas narinas...

– Que cheiro esquisito é esse?

– Guano – respondeu Bianca.

– Gua-o-quê?

– Guano. Cocô de morcego.

– Ai, credo! Tem isso aqui?

– Bia, se tem morcego, tem cocô de morcego, né? – foi a vez de Mariana falar.

– E tem muito?

– A gente deve estar pisando no cocô por todo o caminho e encostando nele nas paredes também... – falou Bianca num tom calmo.

– Essa história de morcego era verdade, então?

– Psssss! Meninas! Menos conversa... – pediu a Martinha.

Fizeram silêncio. E no silêncio a Bia passou a perceber certos sons diferentes. Realmente tinha algum bicho ali dentro... se mexendo no alto da caverna. Resistiu o máximo que pôde, mas a vontade era de apontar a lanterna para cima e ver de uma vez se eram morcegos mesmo; e, pelo jeito, a vontade não era só dela...

Foi tudo muito rápido. De repente um facho de luz foi virado para o alto. A Bia olhou para cima, viu uns morcegos se agitando e ouviu os guinchos. Fechou os olhos... Foi de arrepiar! Abriu os olhos de novo e viu que o facho virou rápido para o chão, no mesmo instante em que a Martinha falou baixo, mas firme:

– Quem foi que fez isso? Ou assume ou voltamos daqui.

– Fui eu...

– Me passa sua lanterna, Ruivo. Lá fora conversaremos.

O passeio continuou em silêncio e ninguém fez nenhuma outra gracinha. O caminho ficou mais estreito e, em alguns trechos, mais baixo também. Precisaram um ajudar o outro para passar por alguns desníveis... Andaram quase meia hora, e a Bia, sem perceber, já esquecera o medo.

Era gostoso estar ali... em silêncio... todos na mesma sintonia, sentindo a terra, encostando-se nas paredes, nem o cheiro do guano parecia incomodar mais.

A Martinha iniciou a volta dizendo que dali para a frente o caminho ficaria mais difícil e o ar diminuiria bastante. Foi estranho, não chegaram a lugar algum e começaram a voltar... apenas foram até determinado ponto e deram meia-volta. Dava uma sensação de que não havia um destino para o passeio, mas a Bia sentiu que era para ser assim, que apesar de não chegarem a Machu Picchu, ela voltava diferente do Carimbado... mais calma e... CARIMBADA!!!

Foi sair da caverna para ver que ela e a turma toda estavam imundos! Não dava para dizer o que era argila e o que era guano... o fato é que estavam melecados e bem fedorentos.

Todos tiraram as blusas de frio, mesmo porque fora da caverna estava um calor de sol ardido! Que mudança... Agora sim parecia verão, e daqueles com sol queimando a pele sem piedade. Depois de toda a umidade da caverna, foi gostoso sentir o tempo mais quente... mas até chegarem à *van*, estacionada meio longe, o calor começava a incomodar. Ainda mais com a catinga de guano seguindo com eles e ganhando força com o sol forte.

Do lado de fora da *van*, a Martinha falou com o pessoal:

– Olha, galera, o que o Ruivo fez foi uma tremenda bobagem. Estamos entrando na casa de outros seres, de outros animais. Precisamos respeitar essa casa, nos harmonizar com ela. Jogar a luz no teto da caverna foi uma violência contra os morcegos que vivem lá.

– Fora que eles podiam ter ficado irados e atacar a gente e sugar nosso sangue e comer o cérebro do Ruivo e...

– Chega de besteira, ET. A maioria dos morcegos vive de comer frutas ou insetos e todos são importantes demais para o equilíbrio da natureza. Não tem por que ter medo deles ou agredir os pobres. Em regiões de Cerrado, eles passam de 40% do total da fauna de mamíferos... e são pacíficos. Ouviram? Pacíficos.

A Bia se impressionou com a Martinha... Ela falou tudo aquilo sem usar os "queridos" e "queridas", e num tom ligeiro, forte, seguro. Além disso, mostrou uma consciência ecológica legal... deu uma lição de comportamento nada fora da realidade, sem aquele papo de extraterrestres, mas...

– Fora isso, queridos, como vocês imaginam que nossos amigos confederados farão contato conosco se não respeitamos nem o que está ao nosso redor?

Cedo demais para conclusões...

O bizarro é que essa fala final foi mais bem aceita que toda a argumentação anterior... A galera começou a comentar o quanto era importante se harmonizar com a natureza para conseguir o tão esperado contato, e o Ruivo se desculpou com a turma.

A Bianca olhou para a Bia e falou baixinho:

– Pelo menos ela conseguiu convencer todo mundo, né? De um jeito ou de outro...

– É... pensando assim...

A *van* voltou para o asfalto e, não demorou muito, entrava em um novo trecho de terra.

– Queridos! Vale das Borboletas!!! Lembrem-se de aproveitar ao máximo, mas sem agredir o ambiente ao redor.

Andaram um pouco e logo começaram a ouvir o barulho de água correndo e, minutos depois, apareceu a cachoeira. Não era enorme nem volumosa, mas ainda assim havia muita água para um lugar que parecia tão seco...

Havia bastante gente ali, alguns fazendo bagunça, outros esticados ou sentados quietos, todos curtindo a natureza.

Sentaram-se nos arredores da pequena queda-d'água e começaram a se preparar para um banho, alguns só reclamavam de fome e esticavam o olho para o lanche...

Seria o primeiro banho de cachoeira da Bia... Ela estava eufórica com isso. Gostou do lugar, mas imaginou que seria melhor se estivesse vazio.

A Bia não sabia direito o que pensar da paisagem... já tinha concluído que era o lugar mais seco em que estivera... aí a visita ao Carimbado criou uma dúvida – afinal, lá dentro era bem úmido. Agora, aquela cachoeira no meio da secura...

Viu três borboletas azuis voando perto de quem saía da água. Eram enormes, lindas. Uma delas pousou em uma menina de cabelos longos que estava com outra galera, e a Bia se encantou. A Martinha chegou perto e falou:

– Bonitas, não? Elas pousam nas pessoas para pegar o sal do suor...

– São lindas... e aqui também é bem bonito!

– Já foi mais... tinha bem mais borboleta antes... agora a cachoeira tem um volume menor de água porque os rios estão sofrendo assoreamento por causa das pedreiras...

– Pedreiras de novo? – perguntou Bianca, que ouvia a conversa.

– Pois é, querida... elas são o maior problema da região e, também, a maior solução...

– Como assim?

– O impacto ambiental das pedreiras é enorme e irreversível, principalmente em uma região montanhosa como São Tomé das Letras... Elas destroem os morros, entende? Mudam a paisagem definitivamente. A poeira que resulta das explosões vai para longe, os dejetos maiores, cacos e pedaços de pedra são depositados sem grandes cuidados e acabam arrastados pelas chuvas. Matam a vegetação onde são depositados e assoreiam os rios para onde são arrastados... já teve rio que desapareceu, fonte que secou...

– Não vejo como essas pedreiras são uma solução... só vejo problema – falou Bia.

– São solução para as pessoas da região e para o município. Geram emprego e renda para mais da metade da população. Para a economia daqui, as pedreiras são fundamentais. São Tomé das Letras produz pedra para o mercado nacional e estrangeiro... exporta para a Europa e para o Japão.

– Como você sabe tudo isso, Martinha? Você não fez faculdade de Economia com a minha mãe?

– Fiz sim, Bia. Depois fiz pós-graduação em Educação Ambiental. Fora isso, sempre gostei de conhecer os lugares que visito. Conhecer mesmo, a fundo. Não ficar apenas com a ideia turística deles.

Toda essa história sobre as pedreiras de São Tomé das Letras ficou martelando na cabeça da Bia até a Mariana aparecer e convidar:

– Bias, vamos tomar um banho?

– Vão lá, queridas, aproveitem... Vou preparar os lanches aqui e logo vou tomar um banho também.

A Bia e a Bianca foram e se deliciaram com a água. No começo a Bia achou muito fria, gelada mesmo, mas aos poucos se acostumou e não queria mais sair dali... Por ela, banho de cachoeira acabava de superar o banho de mar em seu *ranking* de coisas gostosas da vida... Quando a Martinha avisou que o lanche estava servido, a turma atendeu rapidinho, e a Bia foi atrás. Todo mundo morrendo de fome. Foi então que Bia recebeu um presente inesperado: uma das borboletas azuis se aproximou e pousou em seu ombro. Ela ficou parada, extasiada, quietinha até a borboleta acabar de lamber seu suor e levantar voo novamente. Só então percebeu que a galera observara tudo em silêncio. Sorrisos trocados apenas... um jeito cúmplice... foi diferente, gostoso.

O lanche estava uma delícia: aquele pão caseiro do café da manhã com queijo branco, bolo de chocolate com uva-passa e suco de manga. Cada um tinha direito a dois sanduíches e a dois pedaços de bolo. Comeram tudo, não sobrou nem farelo. Descansaram sentados, conversando sobre a comida e o que teriam para o jantar...

Bom fazer nada e só pensar em comer...

Depois de uns 15 minutos levantaram e começaram a andar mais para baixo, seguindo o fluxo do rio. Encontraram uma nova área para banho e curtiram o vale ainda mais.

Só ali a Bia sentiu vontade de pegar o celular e tirar algumas fotos. Viu que tinha recebido algumas mensagens da mãe, mas eram de logo cedo, de quando passaram pela cidade. Leu rapidinho, mas ali não tinha sinal nem dava para responder. Então, só tirou algumas fotos e voltou para dentro da água.

A tarde passou rapidamente, sem que percebessem, até a Martinha chamar para voltarem. Iriam para a fazenda descansar.

Noite que chega

Realmente estavam cansados... nem andaram muito, mas se somou a canseira da viagem ao fato de terem dormido pouco e, como resultado, o corpo reclamava.

Quando chegaram à cidade, a Bia comentou com a Bianca:

– Parece neve, né? Tudo branquinho...

– Pois é. E pensar que tudo isso é o que sobra das explosões das pedreiras, é o material que não é aproveitado, que é jogado fora e que causa todos os problemas de que a Martinha falou...

– Muita coisa, né?

– Eu fiquei conversando mais com a Martinha depois do lanche e ela me contou que as pedreiras aproveitam menos de 20% do que é extraído, Bia. Dá para acreditar? Mais de 80% vira isso aí que a gente está vendo.

– Estranho achar algo assim bonito. Eu sei que é destruição, mas de longe parece que a cidade é toda branca. Parece neve, areia... sei lá.

Ficaram quietas.

Quando se aproximaram da cidade, os celulares pipocaram nas mãos de todos. Ligações rápidas, mensagens de voz, de texto. Bia escolheu uma foto linda, com uma borboleta azul enorme e enviou para a mãe. Escreveu: "Mto lindo esse lugar. Estou feliz! ☺". Enviou e desligou o aparelho. Desligou mesmo. Não queria ficar conectada como sempre fazia. Pela primeira vez entendeu o que o Gabriel falava sobre como gostava de se desconectar da internet e se conectar com a vida.

E parecia que a sensação não era só dela, não. A maioria da galera já tinha guardado o celular antes mesmo de chegarem ao centro da cidade.

A maior parte do pessoal estava em silêncio ou conversando baixinho. A canseira pegou a turma de jeito.

Ao longo da travessia da cidade, várias pessoas, que pareciam moradores, perguntavam ao motorista e à Martinha, que estava na frente, se já tinham pousada, se precisavam de lugar para ficar. Os dois responderam que sim a todos e seguiram o caminho devagar. A Bia achou estranho aquele jeito de "pegar turista".

Como alguém pode se hospedar num lugar que nem conhece? Será que eles trabalham para alguma pousada ou hotel e ficam fazendo propaganda aqui?

Perguntou isso para a Bianca:

– Nada disso, Bia. O Gabriel falou que as pessoas alugam suas próprias casas para os visitantes, e o único jeito de conseguirem isso é esperar aqui para pegar os turistas logo na entrada da cidade. Tem algumas pousadas que também fazem isso, mas a maioria é de moradores mesmo.

Um senhor muito magro fez sinal para a *van* parar e foi para o lado do motorista. Todo mundo ficou em silêncio para ouvir o que ele falava.

– Boa tarde!

– Boa tarde.

– Vocês tão vindo de Três Corações agora?

– Não, chegamos essa madrugada. Estamos voltando do Vale das Borboletas.

– Ah, é? Então não sabem se tem guarda na estrada ali na saída de Três Corações?

– Não, senhor. Não sabemos...

– É que eu preciso ir até Três Corações e quero ir de moto, mas não tenho carteira de direção. Então preciso saber se tem guarda ou não.

– Olha, senhor – respondeu o motorista, começando a ficar irritado –, não tenho como ajudá-lo. Como disse, não viemos de lá agora e não sei se há ou não policiais na estrada. Desculpe e boa tarde.

O homem ainda acenou agradecendo e ficou ali esperando outra pessoa que pudesse dar a informação de que precisava.

A Bia achou a situação bastante estranha, mas ninguém ligou muito. O homem parecia bem simples, e a Bia se perguntou se o que ele queria era mesmo a tal informação ou puxar conversa com gente de fora. Ficou pensando se todo mundo na cidade seria assim, diferente.

Depois, enquanto a *van* seguia por suas ruas, observou que a cidade estava cheia. Muitos carros estacionados ocupavam boa parte delas e a *van* precisava passar espremida em alguns trechos entre carros parados nos dois sentidos. Muita gente andava para cá e para lá; dois ônibus estavam estacionados do outro lado da praça, em frente à igreja de pedra.

– Por que não vimos nada disso quando passamos por aqui de manhã? – perguntou para a Bianca. – A cidade parecia deserta.

– O Gabriel me contou que o pessoal que fica na cidade dorme muito tarde e acorda muito tarde também.

– Que invejaaaaa!!!

– Fazer o quê, né? Quando passamos de manhã, acho que a cidade toda ainda dormia.

***

Seguiram para a estrada de terra e o sol já baixava. Tudo ganhava uma luminosidade diferente e o vento começava a soprar. Quando se aproximaram da pousada, a *van* parou na estrada e a Martinha falou:

– Queridos, a vivência noturna de hoje será feita nessa mata à nossa esquerda. Eu quero que vocês desçam aqui comigo para observar a mata de fora, sob a luz do dia. Vamos fazer um reconhecimento antes de entrar nela.

– Hoje à noite? Como assim? Não vamos dormir? – a Bia perguntou baixinho para a Bianca.

– Sei lá! Com esse pessoal espero qualquer coisa, mas fala sério: vai ser demais entrar nessa mata à noite!!! Ainda mais com a lua que está fazendo. Quando na vida faríamos uma coisa dessas sozinhas?

Desceram da *van*, andaram uns 200 metros e pararam um pouco adiante da porteira da fazenda. Olharam a mata do outro lado e, atrás dela, um paredão de pedra enorme, coberto por pouco verde, que se estendia como um muro protegendo os limites da floresta.

– Martinha, por que a mata brilha assim? – a Bia perguntou.

– Brilha como, querida?

– Assim... parece que as folhas daquelas árvores foram untadas com óleo, olha só!

– É que nessa mata tem muito pau-de-óleo, um tipo de árvore comum em todas as matas brasileiras, na Mata Atlântica, no Cerrado, na Floresta Amazônica... Em outros lugares é mais conhecida como copaíba.

– Minha mãe usa um óleo de copaíba como cicatrizante. É dessa árvore?

– Com certeza, querida. Os nossos índios sempre usaram o óleo dela como cicatrizante e anti-inflamatório. E tem um cheiro bom demais!

– Martinha, como a gente vem vestido para o passeio à noite?

– Bom perguntar, ET. Seguinte, agora a gente volta para o chalé, toma banho, descansa e vai jantar. Do refeitório a gente vem direto para cá. Todo mundo de calça comprida, tênis e blusa de frio. Alguma dúvida, queridos?

– Traz lanterna, né?

– Não, Bianca. O passeio será à luz do luar. Bom, vamos andando. Eu passo chamando vocês para o jantar perto das 8 da noite.

O pessoal começou a caminhar e a Bia teve vontade de ficar ali, de entrar naquela mata, de descobrir como ela era por dentro. Ficou com medo de fazer isso sozinha e correu atrás da turma.

Viu um cupinzeiro bem do lado do caminho e se assustou com o tamanho dele. Era maior que ela! No sítio de seus pais havia alguns cupinzeiros, mas bem menores. Quanto bicho deveria ter ali dentro! Ficou pensando como uns bichinhos tão miúdos conseguiam construir uma casa tão grande e com uma aparência de ser bem resistente.

Como eles fazem tudo isso sem planta, engenheiro, arquiteto? Vão construindo uma cidade inteira naturalmente.

Acabou concluindo que, talvez, os cupins fossem mais espertos que os homens...

Chegou ao chalé perdida em ideias. A algazarra da galera se despedindo parecia acontecer num outro mundo.

Quando entrou no 13, a Bianca esperava por ela:

– Posso tomar banho antes? Tomo rapidinho, prometo!

– Pode sim. Vou ficar lá fora. Você me chama quando terminar?

– Combinado!

Saiu mais um pouco. Sentou-se na grama. O sol começava a se esconder atrás das montanhas e tudo ganhava uma luminosidade bonita, alaranjada, tranquila e ao mesmo tempo uma cor quente, um jeito de fim de tarde se despedindo e abrindo lugar para a noite chegar. O vento frio começou a soprar com mais força e a Bia falou para si mesma:

– Clima de montanha – e um sorriso apareceu em seus lábios.

Agora, quando ouvisse essas coisas na sala de aula, saberia como elas são de verdade: cachoeira, Cerrado, pau--de-óleo, guano, clima de montanha... quanta coisa aprendeu num só dia! E ainda faltavam três pela frente. Ainda bem que estava ali. Quase não pensava mais no Gabriel; na verdade, evitava esses pensamentos, concentrava-se em si mesma e em tudo o que estava vendo e sentindo naquele novo lugar.

O vento soprava as folhas das árvores fazendo um barulho gostoso, a passarinhada estava em festa voltando para o abrigo, o céu se tingia de uma paleta de cores que ia do azul ao alaranjado, e a Lua já era visível. Respirou fundo mais uma vez e sentiu o vento entrar nela, balançá-la também, como se fosse uma folha. A Bianca chamou de dentro do chalé e falou:

– Antes de ir para o chuveiro, dá uma olhada na janela do banheiro...

– O que foi que... AAAAAAHHHHHH!!!! QUANTAS ARANHAS!!! – gritou a Bia quando chegou ao banheiro.

– Pra que gritar? Elas estão lá fora e você aqui dentro. Não vão fazer nada pra nós. E não fariam nem que a gente estivesse lá fora olhando de pertinho.

A Bia não tinha tanta certeza, mas ficou observando o trabalho delas de um jeito curioso. Eram muitas, umas trinta aranhas, pelo menos... trabalhando juntas, respeitando uma ordem, como se alguém administrasse o que deveriam fazer. Parecia que saíam de uma bola de teia que estava no alto de uma árvore ali perto e, rapidamente, montavam uma teia gigantesca, ligando a árvore ao telhado do chalé.

Em poucos minutos terminaram a montagem e se dispuseram ao longo da teia, deixando espaços entre uma e outra, formando um grande mosaico de aranhas miúdas e negras em uma teia larga e delicada. Olhando de longe, parecia até uma renda enfeitada com miçangas.

– Elas saem ao pôr do sol e montam a teia para caçar insetos durante à noite.

– Bonito...

– Não era você que estava gritando agorinha, apavorada?

– Mas e se alguém passar por ali no escuro e bater nessa teia?

– Ah... vai tomar banho, Bia!

A Bia sorriu e foi tomar banho mesmo. Um banho quente, com uma ducha forte e relaxante. Saiu do chuveiro querendo se esticar e dar uma dormidinha. Colocou a roupa, uma meia quente e macia e se esticou na cama. Que vontade de dormir!

– PRIIIIIIII!!! QUERIDOS, HORA DA JANTA!!!

Era a Martinha, óbvio. A Bia até achou graça. Pulou da cama e saiu com a Bianca.

***

No refeitório montaram uma mesa bem comprida para que sentassem todos juntos. O pessoal da outra excursão não estava ali. A Bia perguntou sobre eles e a Leila informou:

– Eles estão meditando no casarão do outro lado da fazenda. Começaram um jejum de purificação depois do café da manhã e só voltam a comer amanhã à noite.

Ainda bem que essa turma de ufologia não precisa fazer jejum nenhum, refletiu a Bia. Jantaram uma comida divina! Quibebe, que é um tipo de purê de abóbora, quibe de ricota assado, arroz, feijão e salada. Comeu de se lambuzar. A Leila, depois, trouxe doce de leite, compota de goiaba e queijo mineiro. Para completar, serviu um cafezinho.

– Que delícia, Leila! – elogiou Bia quando ela passava por perto.

– Obrigada. Você gostou do jantar?

– Gostei de tudo! Estou comendo de um jeito que não como nem na minha casa! – Leila sorriu e se afastou.

– Ai, eu queria tanto uma linguiça ou um torresminho – falou Bianca em tom de choro. – Essa comida estava gostosa mesmo, mas eu estava crente que ia encher a pança de uma comida mineiríssima, cheia de carne e fritura.

– Durante nossas viagens a gente não come carne, Bianca – respondeu Martinha.

– Não? Por quê?

– A carne abaixa a vibração do nosso corpo e polui nossos canais de percepção, querida. Para contatar os extraterrestres, precisamos limpar esses canais e uma dieta vegetariana ajuda... assim como um contato intenso com a natureza.

A Bianca e a Bia se olharam, mas não falaram nada. *Falar o quê, né? Cada um na sua.*

A Bia reparou que o loirinho, amigo do Pedro, estava sentado no canto da mesa mais distante e olhava para ela direto e reto.

– Faz tempo que ele não tira o olho de você, amiga! – comentou Bianca, toda acesa.

– Vi agora.

– O Marcelo? – entrou a Mariana na conversa.

– Aquele loirinho – falou a Bia baixinho, tentando disfarçar.

– É o Marcelo mesmo. Ele é um fofo, né? Já ficou com todas as meninas do grupo!

– Hummm... nada confiável, então – comentou a Bianca.

– Não, nada disso. Ele é fofo mesmo e lindo! Ele faz faculdade de Turismo. Vai fundo, Bia. Dá mole que ele merece!

A Bia sentiu que virava um pimentão vermelho. Aproveitou que tinha acabado de jantar e se levantou.

– Vou esperar vocês lá fora, tá?

Do lado de fora do refeitório, uma Lua imensa e linda a aguardava. A Bia sentou-se no degrau e ficou olhando o céu. Já estava bem friozinho e os grilos faziam uma cantoria daquelas.

– Pra ver o céu melhor, o legal é ficar longe dessas luzes, apagar tudo.

A Bia se virou e viu o tal Marcelo. Gelou. Ele era lindo mesmo.

– Posso sentar aqui com você, Bia?

E sabia o nome dela... Com certeza, o Pedro tinha passado a informação. *Ainda bem que o Gabriel não está aqui!!! Quando na vida ia ter a chance de ter alguma coisa com um gato como o Marcelo?*

– Claro... senta aí – falou rápido para disfarçar o nervosismo.

– Você é amiga do Gabriel, né?

– Isso. Moro no mesmo prédio que ele e também sou do mesmo grupo de capoeira.

– Que legal! Eu pratico *kung fu*.

UAU!!! Ela pensou, mas só sorriu. Estava conseguindo se controlar e sentia-se orgulhosa por isso!

– E você também é amiga da Paloma?

Que inferno! Precisava estragar tudo???

– Não. Não conheço a Paloma. É a namorada do Gabriel, né?

– É. Maior gata! Na viagem passada ela veio. Muito gente boa.

Silêncio... cantar de grilos... vontade de sair e deixar o menino falando sozinho.

– Você viu quanto vaga-lume tem aqui em volta, Bia?

Certo, só mais uma chance:

– Bonito, né? Ver o mato piscando assim, em luzes verdes... – ela respondeu baixinho.

– Você vai ver. Lá dentro da mata tem um monte de vaga-lume.

– Você já entrou lá à noite?

– Numa outra vez, faz quase um ano...

A Bia pensou um pouco, não sabia se devia perguntar, mas estava curiosa e arriscou:

– E você já viu algum... assim... como vou dizer? Já viu um ET?

– ET?

– Isso!

– Já vi um monte de óvnis. ET mesmo nunca vi. Mas sei que um dia ainda serei abduzido!

– Abidoquê?

– Abduzido, levado por uma nave extraterrestre. Talvez me torne piloto de uma delas...

– Igual nos filmes? Tá brincando, né? – caiu na risada e imediatamente percebeu que ele não estava brincando e que ela tinha feito uma tremenda besteira! Falou demais... riu demais...

O Marcelo fechou a cara e respondeu ríspido:

– Isso não é brincadeira. Tem muita gente que já foi abduzida na vida real, menina. A Martinha, por exemplo.

– A Martinha foi levada por ETs? Numa nave?

– Em que mundo você vive, garota? Vem pra esta viagem sem saber de uma coisa importante como essa? Fala sério... o que você tá fazendo aqui?

O clima de romance desmoronou, como você pode perceber. O pessoal saiu do refeitório e a conversa acabou nessa tensão.

***

O Pedro e a Bianca chegaram perto da Bia batendo papo. Logo a Bianca percebeu que tinha algo errado.

– O que foi que aconteceu, Bia? Você tá com uma cara...

– Rolou um estresse com o amigo do Pedro.

– Quem? O Marcelo? – perguntou o Pedro sem entender.

– Ele mesmo.

– Mas o cara é gente boa. O que aconteceu?

– Olha, Pedro... ele é seu amigo, mas é um grosso. Só porque eu não sabia que a Martinha foi abduzida e achei maluquice a ideia dele de ser piloto de disco voador, ele virou bicho!

– Ihhhhh... você pegou pesado, hein, amiga? – riu a Bianca.

– É... o Marcelo é meio bitolado – falou o Pedro. – Não dá pra ir falando assim direto com ele.

– Então você também não acredita nessas coisas que ele fala? – perguntou a Bia, com alguma esperança.

– É o seguinte: eu me interesso demais pelo assunto. Alienígenas, óvnis, vida inteligente em outros planetas... mas eu me interesso pela possibilidade de tudo isso existir. Investigo, estudo, acompanho as publicações, vou a encontros de ufologia.

– Então você é igual ao Marcelo! – concluiu a Bia.

– Não. O Marcelo faz parte de uma galera que acredita totalmente em coisas como essas que ele falou, entende? Para ele, ufologia é quase uma religião, é questão de fé. Vive esperando outra vida ao lado dos ETs. E acho que é assim para a maioria dessa galera. Infelizmente.

– E para você é o quê, Pedro? – perguntou a Bianca, séria.

– Para mim é ciência. E pra muitos estudiosos também. Tem muita gente séria no mundo inteiro que estuda o tema pra valer: pesquisadores, cientistas e ufólogos investigativos, críticos mesmo. Caras que não saem por aí falando que foram abduzidos, mas que tentam comprovar se existem mesmo abduções. Entendeu?

– Humhum... – concordou a Bianca.

– Mas se você é diferente, por que veio nesta viagem? – Bia continuou a questionar.

– Pra investigar, é claro. O Marcelo é meu primo. Ele viaja com essa turma há uns dois anos e sempre volta contando histórias de avistamentos. Fala tanto que eu resolvi checar se são só histórias ou se algo realmente acontece por aqui. Eu sou igual São Tomé, sabe? Só acredito vendo.

A Bianca riu, mas a Bia não se convenceu:

– Quer saber? Pra mim todos vocês são ufólogos, né? No fundo todos são caçadores de ETs.

– Não, Bia, não é assim. Dentro da ufologia tem grupos diferentes, que andam por caminhos separados... Como eu falei, tem um povo mais sério e outro que é mais parecido com o Marcelo. Pra você ter uma ideia: eu já ouvi uma história de que atrás da Lua existem mais de 3 mil naves alienígenas esperando para resgatar os seres humanos evoluídos quando a Terra explodir. Sabe? Ideias malucas que saíram da cabeça de alguém sem nenhum fundamento.

– Tipo ficção científica?

– Isso aí. O negócio é que essas ideias malucas atraem um monte de gente, chamam a atenção de todo mundo, e aí os ufólogos ganham fama de loucos, mesmo aqueles que estudam o fenômeno óvni a sério. Não estou falando que não existem abduções ou que essas crenças são falsas, mas, na maior parte, elas não são comprovadas.

A conversa teve que parar por aí porque a Martinha apitava para reunir todo o grupo. A Bia estava mais calma, mas ainda achava que ET era uma coisa de filme e de livro e que todo mundo ali, até o Pedro, era doido mesmo.

Bailam corujas e pirilampos... entre os sacis e as fadas

Quando todos se reuniram, a Martinha pediu que for-massem um círculo e ficassem em silêncio. Aí começou a falar:

– Meus queridos, lembram da conversa que tivemos hoje sobre respeitar a natureza como a casa de outros animais e plantas? Isso é essencial para a vivência que faremos agora. Vamos ficar em silêncio a partir deste momento até o instante em que retornarmos para este mesmo local. Formaremos uma fila indiana e a pessoa da frente sempre dará a mão para a de trás. Eu serei a primeira da fila e o Marcelo será o último. Ao chegar à entrada da mata, quero que cada um de vocês mentalize um pedido de licença, pedindo permissão à natureza para visitá-la.

A Bianca fez uma cara engraçada, achando aquilo um absurdo, e a Martinha viu.

– Isso mesmo, Bianca. Quero que vocês peçam licença à mata e aos seus moradores para visitá-los. Vamos andar no escuro, sempre de mãos dadas. Durante o trajeto pode haver troncos, buracos... Para um avisar o outro, usaremos um toque de mãos assim... deem as mãos, por favor.

Todos deram as mãos, fechando o círculo. A Martinha apertou levemente a mão da Bia, que estava à sua esquerda, e sinalizou para que ela passasse adiante o sinal. Quando o aperto chegou de novo nas mãos dela, a Martinha concluiu.

– É assim que chamaremos a atenção uns dos outros. A seriedade e o comprometimento são essenciais nessa imersão.

Não falou mais nada. Abriu a roda, segurou na mão de um garoto que estava à sua direita e puxou a fila. A Bia ficou em último lugar. Aí o Marcelo saiu de onde estava e veio para trás dela, como a Martinha orientara. Foi estranho e, ao mesmo tempo, gostoso dar a mão para ele. A Bia ainda achava o garoto um grosso... *mas bem que eu podia ter me controlado e fechado a boca na hora certa e... Céus! Por que eu fui cair na risada???*

Sua mãe vivia repetindo o quanto é importante respeitar as opiniões e crenças dos outros. Percebia que não tinha aprendido nada ouvindo a mãe...

Andaram em silêncio e, quando chegaram à estrada, a única iluminação era a Lua. E iluminava muito bem, com uma luz esbranquiçada, fazendo sombras compridas com as árvores e as pessoas. Estava ventando bastante e isso dava uma sensação de frio nada confortável.

A Martinha encontrou a entrada da trilha, fez uma espécie de reverência e puxou a fila.

A Bia não sabia se acreditava em toda aquela conversa de purificação do corpo e da alma, contato com alienígenas, abdução... era muita informação nova para ela. Porém, via sentido no que a Martinha falava sobre respeitar a natureza. Mentalmente, pediu licença à mata que crescia à sua frente.

Andaram poucos metros com a Lua aparecendo sobre as árvores baixas e esparsas, mas a mata logo ficou mais densa e as árvores maiores... A luz da Lua sumia em alguns trechos, depois reaparecia. A Bia sentiu medo... Pensou que poderia tropeçar, porque não conseguia ver o chão com precisão, pensou em lobisomem, em assombração, em psicopatas pulando do mato para atacar um bando de jovens em excursão e, pela primeira vez na vida, concordou com sua mãe: assistir àquela montoeira de filme de terror definitivamente não era bom para a cabeça de ninguém.

Sentiu o primeiro apertão na mão e quase deu um berro. O coração pulou. Apertou rápido a mão do Marcelo e ele a segurou, como que identificando seu medo e tranquilizando-a. Teria mesmo percebido seu nervosismo em um simples aperto de mão?

Era só um tronco! Por isso o sinal... para ter cuidado com o tronco. Mundo real chamando Bia. Alôôô!!! A mata é tranquila e bonita, iluminada pela Lua... não tem do que ter medo.

A Bia tentava se convencer desse jeito enquanto pulava o tronco com cuidado e continuava a caminhada.

E parece que o esforço de concentração funcionou: a Bia começou a relaxar; percebeu que a mata realmente era um festival de vaga-lumes... se encantou; sentiu um cheiro gostoso... Na verdade, uma mistura de cheiros gostosos. Era uma experiência totalmente diferente estar no meio de uma mata, à noite, e não ter a noção precisa do que estava vendo, de como era tudo ao seu redor. Deixou-se levar. Chegou a fechar os olhos em um trecho e pareceu que sentia mais os aromas e ouvia mais o cricrilar dos grilos... Ao fundo um barulho de água corrente começou a se destacar. Percebeu, também, que ali dentro da mata não fazia frio. Ouvia o barulho do vento na copa das árvores, mas ele não chegava até ela, não soprava ali embaixo.

Ficou com vontade de perguntar se ali tinha uma cachoeira, mas lembrou que não podia falar... O som da água
cresceu... novos apertos em sua mão... um buraco, uma pedra enorme, uma descida acidentada... Enfim, chegaram.

Que lindo!

Uma pequena cachoeira era iluminada pela Lua.
Estava prateada. Suas águas caíam em um laguinho, que
também brilhava ao luar. Dava para perceber a água correndo pelas grandes pedras à esquerda, onde um pequeno
rio se formava.

Todos soltaram as mãos e se espalharam por ali. Uns
sentaram no chão... outros caminharam para as pedras.
A Bia ficou parada... olhando, só olhando...

Nunca imaginou que entraria numa mata à noite e ficaria observando o luar iluminar uma queda-d'água... ainda
mais com uma turma que conhecera há um dia e num lugar
que há poucas horas considerava quase o mais seco do mundo. Sentiu uma emoção gostosa, como se reconhecesse que

estava diante de um presente da natureza, um presente que merecia ser admirado, tranquilamente admirado.

Pouco depois, a Martinha voltou para a trilha e puxou um pela mão, que puxou o outro e, assim, sem falarem nada, logo a fila foi remontada e o caminho de volta iniciado.

A Bia começou a curtir mais o calor da mão do Marcelo, que continuava no fim da fila, atrás dela. Respirou fundo e fechou os olhos mais vezes... e foi depois de um desses momentos que arregalou os olhos totalmente assustada. Alguém lá na frente falou baixinho:

– Vocês ouviram esse barulho?

– Quietos, por favor – pediu Martinha e parou de puxar a fila.

Parados, todos ouviram alguma coisa se movimentar na trilha. Estava à esquerda deles, mas, pouco depois, já fazia barulho à direita... como se tivesse atravessado a trilha sem ter sido vista por ninguém. Parecia grande, pisava nas folhas e quebrava galhos. A Bia teve vontade de sair correndo, mas em que direção? Sozinha no meio da mata não saberia para onde ir.

O barulho parou e a Martinha continuou puxando a fila, devagar, de volta ao refeitório. O dono da pousada, o seu Paolo, e a Leila, sua esposa, esperavam a chegada de todos. Ao ouvir o relato da turma agitada, o seu Paolo respondeu:

– Ah, deve ser o guará. Tem um casal andando por aqui há um tempo.

– Lobo-guará? – perguntou a Bianca.

– Isso mesmo. Mas, se foi ele, podem ter certeza de que tem mais medo de vocês do que vocês dele... – completou Leila, tranquilamente.

A turma relaxou e passou a lamentar por não ter visto o lobo. Todos foram andando para a parte de trás do refeitório, e a Bianca se animou quando viu uma fogueira armada. O pessoal começou a pegar cadeira dentro do refeitório e trazer para fora, colocando-as ao redor da fogueira.

– Quer que acenda a fogueira, Marta? – a Leila perguntou.

– Não, Leila, não precisa. Vamos observar o céu e tentar avistar algum óvni, melhor ficar no escuro. Se puder apagar as luzes do refeitório, seria legal.

– Claro, pode deixar.

A Bia sentiu certa frustração, mas achou que mesmo sem fogueira seria legal ficar olhando para o céu. Logo as luzes foram apagadas e realmente ficou mais fácil ver as estrelas. A Leila e o seu Paolo trouxeram cadeiras também e uniram-se à roda, sentando entre a Bia e o ET.

Pouco depois começou a esfriar rapidamente. Ficar sentado em roda, em silêncio, não era muito interessante, ainda mais sentindo frio. Ninguém comentou nada sobre o passeio à floresta e a Bia tinha tanto o que falar... queria trocar... compartilhar...

Ouviu um tipo de pio, algo estranho, ali perto, perto demais... Assustou-se de novo:

– O que foi isso?

– A suindara. Ela mora lá na torre da caixa-d'água. Deve estar por aqui caçando – respondeu a Leila.

– E o que é isso, suindara? – insistiu a Bia.

– Uma coruja, bem bonita, que não caça nem ataca mocinhas indefesas – falou o seu Paolo, meio que divertido.

A Bia ficou com vontade de ver a suindara, olhou ao redor, mas não conseguiu achá-la. Decidiu namorar o céu e a Lua de novo. Meia hora depois já estava com dor no pescoço de tanto olhar para cima. O melhor seria deitar no chão para fazer esse tipo de observação, mas direto naquela grama ia ficar com mais frio ainda...

Aí, o Ruivo falou todo animado:

– Olha lá! Ali, perto da constelação de Sagitário, é um óvni!

Todos se agitaram tentando localizar. A Bia se sentiu completamente perdida... nem sabia onde ficava a tal constelação. Para ela tudo parecia um monte de estrelas no céu. Viu o garoto da luneta chegando e se deu conta de que nem percebera a falta dele no grupo. Trazia a luneta com ele e rapidinho montaram o equipamento e começaram a olhar o que seria o tal óvni. A Bianca se levantou e arrastou a Bia para espiar na luneta. Conseguiram alguns segundos, mas a Bia só viu um ponto luminoso, que, para ela, era mais uma estrela.

Saiu com cara de frustrada e o Pedro se aproximou:

– Não conseguiu ver?

– Pra mim é uma estrela...

– Aí é que está. As pessoas esperam um *show* pirotécnico quando se fala em avistamento de óvni, mas normalmente é isso aí que você viu.

– Uma estrela?

– Não é uma estrela, Bia. Estrelas piscam... Lembra? Pisca, pisca, estrelinha... – cantarolou a Bianca.

A Bia riu da amiga que cantava e fazia gestos com as mãos. Pensou se não era "brilha, brilha, estrelinha", mas ficou quieta.

– Então, garota, um óvni não pisca, ou melhor, não tem a luz tão oscilante quanto a de uma estrela. Esse é o primeiro sinal. Aí precisa checar se não é um satélite, por exemplo. E se o avistamento for quente mesmo, dá até pra ver o óvni se deslocando no céu.

– Tá... então aquilo que eu vi é um óvni...

– Pode ser que sim, pode ser que não... Pelo ângulo de avistamento pode ser um satélite, como eu disse.

A Bia cansou dessa conversa. Deu boa-noite a todos, saiu dali e foi para o quarto. A Bianca a acompanhou.

– Engraçada essa galera, né? Foi tão lindo lá na mata e ninguém falou nada... todo mundo voltou e ficou sentado como se nada tivesse acontecido... Aí um acha um ponto no céu e o povo entra nessa coisa de que é óvni pra cá, óvni pra lá...

– Estava pensando a mesma coisa – respondeu a Bia, mais confortada por saber que havia alguém por perto que pensava como ela e, graças aos céus, estava no mesmo quarto! *Ai, como a gente muda de opinião nesta vida, né?*

***

As duas sentaram no degrau de entrada do chalé e ficaram ali, olhando a Lua, as estrelas, os vaga-lumes e conversando muito! Falaram do que sentiram na caminhada pela mata, do medo (a Bianca também imaginou seres terríveis atacando e destruindo todo mundo... riram disso), dos cheiros, dos barulhos, da cachoeira, do luar... Aí a Bianca começou uma conversa diferente:

– Sabe, Bia. Eu fico pensando se todo esse misticismo, se todo esse esoterismo tem a ver com o lugar, com o tipo de vegetação mesmo, com a formação do solo, essas coisas... entende?

E em vez de responder seu habitual "humhum", a Bia levou a conversa a sério:

– Não, Bianca, não entendo.

– Assim... aqui em São Tomé das Letras tem pessoas que acreditam nas mais diferentes coisas e dizem que o que as atrai para cá é a energia do lugar.

– O Gabriel falou alguma coisa sobre isso... mas de leve.

– Comigo também, mas eu já vinha pensando nisso antes. Tem gente que fala que a formação do solo de São Tomé, por ser muito antiga e quartzítica, favorece o trabalho com a energia, atrai discos voadores e coisas assim. Não dá para saber se essas coisas são verdade, mas o fato é que a fama da cidade atrai as pessoas que vêm buscar exatamente isso, né?

– Eu não vim atrás de ET...

– Nem eu, Bia. A gente curte a natureza, é outra conversa...

A Bia pensou que, na verdade, topou a viagem para ficar perto do Gabriel, mas só balançou a cabeça concordando com a Bianca e guardando essa reflexão para si.

– Quando eu fui para a Chapada, pensei nisso também... e quando viajei para a Serra do Roncador... parece que as formações mais antigas e o Cerrado, de uma forma geral, atraem esse tipo de relação... concentram os centros místicos do Brasil... Acha que eu tô viajando demais?

– Não sei, Bianca. Como você viu, eu nem sabia que aqui em São Tomé das Letras eu encontraria uma... como você falou? Mancha de Cerrado?

– Isso.

– Também não sabia que o solo daqui é antigo.

– Se é! Tem mais de 600 milhões de anos!!! Uma imensa reserva de quartzito.

– Então... nem aqui eu consigo avaliar direito... imagina o resto desses lugares que você falou, que eu nem conheço!

– Sabe, acho que estou ocupando minha cabeça com bobeira, tentando explicar o que não tem explicação... melhor é relaxar e ver a natureza dando um *show* ao redor da gente, né?

– Concordo!

E ficaram ali quietinhas mais alguns minutos. De repente, uma estrela cadente riscou o céu. As duas apontaram ao mesmo tempo. Mais um presente da Mãe Natureza! Depois desse "avistamento", decidiram que podiam entrar e dormir tranquilas.

Que noite deliciosa! Que cama gostosaaaa! Que preguiça boa...

***

PRIIIIIIIII!!!

É claro que acordaram com o irritante apito da Martinha...

Até que ela é legalzinha, mas não se toca! Coisa mais besta acordar as pessoas assim... depois fala de harmonização com a natureza? Harmonização com a natureza seria acordar com o canto dos passarinhos, no máximo com o canto de um galo, não com um apito infernal!

Levantaram e começaram o ritual matinal de autocuidado. Lava rosto, escova os dentes, passa protetor solar...

A Bia ficou pronta antes e foi esperar a Bianca sentada no degrau de entrada, olhando as árvores. De repente, gritou:

– Bianca, corre aqui!

– O que foi, Bia? – a Bianca apareceu com a escova de dentes nas mãos e a boca cheia de espuma. Uma cena nada bonita de se ver...

– Ali, naquelas árvores...

– Nooossaaa! Que legal! Um bando de saguis!!! – e foi espuma para tudo quanto é lado.

As duas riram. A Bianca correu para o banheiro para resolver a situação e voltou rapidinho.

– Onde eles estão?

– Ali embaixo, pararam e ficaram me olhando como se eu fosse algo a ser observado...

– E é mesmo, Bia. Para eles, você é a diferente. É uma família, está vendo?

– Aqueles menores são filhotes?

– São sim. Olha aquele agarrado nas costas da mãe.

– Que delicados, né? Tão pequenos, tão pretinhos... que fofos!

– E são ágeis pra caramba. Olha lá!

Em poucos pulos, a família de saguis trocava uma árvore por outra e logo desaparecia na mata.

– Começamos bem o dia! Vamos tomar nosso café?

– Vamos agora mesmo! Hoje vou comer uns dez pãezinhos de queijo! – respondeu uma Bia esfomeada e bem-humorada.

Ali fora, o friozinho e o céu azul tornavam a manhã um tanto aconchegante. Olhando para as montanhas ao redor, viram ao longe pedaços de neblina se enroscando aqui e ali, teimando em não desaparecer. Pareciam fiapos de algodão-doce embaraçados nas árvores.

A turma toda estava faminta, não só a Bia... Tomaram um café da manhã supercaprichado. A Bia adorou a geleia de amora e o bolo de laranja. Comeu até sentir que não caberia mais nada. Na mesa a conversa girava em torno dos prováveis óvnis avistados na noite anterior, todos muito distantes para serem identificados com segurança.

Quando a Leila apareceu perguntando se alguém queria mais alguma coisa, a Bia falou:

– Leila, eu e a Bianca vimos uma família de saguis lá perto dos chalés!

– Eles passam por ali para buscar comida... fazem isso todo dia de manhã e voltam no final da tarde. São umas graças, né?

– Muito fofos! E tem uns filhotinhos tão miúdos... vão agarrados nas costas da mãe...

– Só toma cuidado de não deixar a janela do banheiro aberta... É que eles adoram entrar quando não tem ninguém e fazem uma bagunça...

– Sério?

– Seríssimo. Adoram pasta de dente, xampu, condicionador, tudo que é creme.

– Eles comem isso tudo?

– Comem nada, fazem é bagunça mesmo, abrem os frascos e espalham tudo. São levados demais!

A Bia estava achando muito divertido imaginar aquela família fazendo uma farra dessas no seu banheiro.

– Bem, você quer mais alguma coisa? Mais pão de queijo?

– Hoje não, Leila. Obrigada! Estava tudo uma delícia!

Pó de bruxa

Dessa vez, a Bia e a Bianca tinham lido o programa do dia juntas, antes de sair do chalé, e foram prontinhas para o passeio. Realmente o grupo era disciplinado. Ninguém se atrasou e logo todos estavam na *van*. A Martinha falou que eles já tinham outra vibração e, para o trabalho que fariam naquela noite, precisariam melhorar ainda mais a tal vibração. Colocou uma música tranquila no rádio e sentou.

A Bia reparou que faziam o mesmo caminho, provavelmente atravessariam a cidade de novo! Coisa mais estranha essa de não parar para conhecer, para andar naquelas ruas de pedra... Ficou olhando a mesma paisagem e vendo novas coisas nela... O cupinzeiro que lhe chamara a atenção parecia ser muito comum por ali. Entre as árvores, os cupinzeiros apareciam numa frequência bem grande e todos eram enormes.

– Bianca, por que tem tanto cupinzeiro aqui?

– O clima ajuda, a vegetação também... Sabia que em áreas de Cerrado os cupins e as formigas são os insetos mais importantes? São os mais numerosos...

– A gente não viu muito inseto aqui, né?

– Como não? As borboletas de ontem, os cupins, os vaga-lumes, aquelas vespinhas que fazem casa lá nas paredes do refeitório...

– Aquilo são casas de vespas?

– São sim... bonitas, né?

Dessa vez o trajeto foi mais longo e não passaram pela cidade, pegaram outra estrada de terra que tinha o caminho para Sobradinho indicado numa placa de madeira.

– Pelo visto hoje nem vamos conseguir nos comunicar com ninguém... – Bianca disse mexendo no celular. – Se não vamos passar pela cidade, nada de sinal... Bem, olha aqui! – e se inclinou para a Bia, tirando uma *selfie* de surpresa e depois mais duas em seguida. – Depois eu mando pra você!

A Bia não disse nada, só consentiu. Estava tão calma, estranhamente calma... nada parecida com o que costumava ficar no dia a dia.

Um bom tempo depois de chacoalharem pelos caminhos de terra, estacionaram a *van*, desceram e ouviram a explicação da Martinha:

– Queridos, aqui é o Sobradinho. Vamos primeiro caminhar e conhecer a Gruta da Bruxa. Na volta passamos pela Cachoeira do Sobradinho, certo?

Logo apareceram dois meninos perguntando se precisavam de guia. A Martinha explicou que já conhecia a região, que visitara a Gruta da Bruxa outras vezes. Mas os garotos falaram que muita coisa estava diferente na gruta e no caminho também. A Bia achou que a Martinha não acreditou, porque ela fez uma cara de "eu mereço"... mas deve ter sentido pena dos meninos, pois aceitou a companhia deles. Um caminhou o tempo todo na frente, mas o mais magrinho ficou passeando no meio da galera, puxando conversa com um e com outro, querendo saber coisas sobre o grupo, quais passeios ainda fariam, quantos dias ficariam na cidade, onde estavam hospedados...

Uma hora chegou perto da Bia e ela já suava em litros... Encarou como se quisesse chamar sua atenção:

– Oi!

– Oi...

– Como você chama?

– Bia, e você?

– Meu nome é Waterson.

– Nossa, seu nome quer dizer "filho da água" em inglês, sabia?

– Sei disso não.

– E seu amigo ali, qual o nome dele?

– Ele é meu irmão. O nome dele é Valterson.

– E vocês têm mais irmãos? – Bianca perguntou, entrando na conversa.

– Mais dois, o Welinson e o Davidson.

A Bia ficou quieta e começou a pensar que a escolha do nome do primeiro não deveria ter nada a ver com "filho da água". Os nomes dos irmãos eram parecidos e provavelmente foram escolhidos por isso mesmo, pela sonoridade semelhante... e ela ali... tentando ver algum significado.

– E aí, a Gruta da Bruxa é longe daqui? – perguntou para ele.

– Que nada! É logo ali...

O "logo ali" do Waterson foi bem mineiro... Andaram um monte para chegar ao logo ali e caminharam bem, num pique puxado... Para variar, o Sol já estava mostrando seu potencial de esquentar e queimar a cabeça e a pele de qualquer um. A Bia voltou a achar o trajeto seco e pedregoso.

E quando viu o que tinha pela frente, não acreditou: um rio correndo no meio da secura toda... não era muito largo, umas quatro ou cinco passadas seriam suficientes para atravessá-lo. Sobre ele, um tronco. É claro que não iriam pelo rio. Atravessariam por cima do tronco.

E se alguém cair?

Parecia que ninguém estava preocupado com isso... Num instante a turma atravessou para o outro lado.

A Bia encarou o tronco e foi... mas travou no meio, quando olhou para baixo e viu a água passando... deu uma tonteira!!! Sentiu alguém pegar em sua mão, mas não conseguia tirar o olho do rio para ver quem era. Ouviu, então, a voz do Marcelo:

– Calma, Bia. Respira fundo e olha pra frente, lá pra longe... não olha pra baixo de jeito nenhum. Eu vou segurar você. Pode confiar... vamos atravessar juntos e devagar...

Ela fez tudo direitinho, mas tremia igual vara verde. Aos poucos, bem lentamente, os dois atravessaram o rio. Quando chegou ao outro lado não teve nenhuma gozação. Só os dois pequenos guias se cutucavam, cochichavam, olhavam para ela e riam.

O Marcelo deu um abraço nela e foi para a frente do grupo caminhar ao lado da Martinha.

A Bia, então, olhou para trás e começou a ver que o rio não era tão ameaçador nem tão largo, como sentiu ao atravessá-lo. O medo aumenta tudo.

E começou a refletir que estava se descobrindo mais medrosa do que imaginava e bem menos aventureira do que gostaria. Seguiu o pessoal na caminhada, quieta, observando de perto as árvores retorcidas, os pequenos arbustos, a grama diferente... mais alta e mais dura... Pelo menos parecia assim.

Olhou os troncos das árvores, passou a mão neles e percebeu que tinham uma cobertura realmente grossa, sulcada, como se fossem muito antigos. A maioria dos troncos era fina, mas havia outros mais grossos, que se retorciam tanto quanto os finos... em alguns momentos lembravam cipós, de tão enroscados uns nos outros.

Observando a mata que se esticava ao redor, pensou: *Será que "Cerrado" quer dizer fechado? Mata cerrada é o mesmo que mata fechada? A mata recebeu o nome por isso ou a palavra nasceu da mata?*

Sempre que se perdia em raciocínios assim se sentia sem saída e acabava fugindo antes de concluir qualquer coisa.

O sol estava ardido e a subida começava a cansar.

– Falta muito ainda? – arriscou perguntar mais uma vez para o Waterson, que estava por perto falando animadamente com a Mariana.

– Falta nada! É logo ali!

O que eu temia!!! Pensou que se o "logo ali" continuasse a ser mineiro, faltava um bom tanto, pelo menos.

E, é claro, era um logo ali mineiríssimo.

Lembrou que precisava ligar para sua mãe, ou pelo menos mandar uma mensagem... ela devia estar preocupada. Ainda mais porque desde o dia anterior nem recebera mais mensagens naquele cantinho do mundo sem sinal. Mas ligar como? Tinha perguntado para a Bianca e o dela também não dava sinal de vida... Fora isso, não avistaram um telefone público sequer.

Olhou para o chão. Sua mãe falava que, quando a gente está numa subida, o melhor é olhar para o chão para não desanimar com o tanto que falta subir. Assim a gente tem a sensação de que a subida não existe, apesar de as pernas dizerem o contrário. Acabou encontrando formigas atravessando o caminho... em procissão... como seu pai brincava. Estava com saudade dos dois. Era bom ali, mas não dava para evitar a saudade... Eram saúvas, isso ela sabia identificar. Procurou e encontrou um imenso formigueiro bem perto.

Era para lá que as formigas iam, óbvio.

Viu flores bem coloridas, de um lado algumas amarelo-vivo, do outro umas azuladas que pareciam de cera, tinham folhas grandes, grossas e o pé cheio de espinhos. A subida ficou mais íngreme, e a Bia pensava como um chão seco como aquele, cheio de pedras e pó, poderia ser o lar de flores tão coloridas e delicadas.

– Chegamos! – ouviu a voz da Martinha lá na frente.

Quando se aproximou de onde estavam, todos já haviam procurado um cantinho para sentar, descansar um pouco e beber um gole de água. Percebeu que o Marcelo e o Pedro ajeitavam umas cordas e tremeu imaginando o tipo de aventura que ainda teria pela frente. O tronco sobre o rio, pelo visto, era só o começo.

A Martinha, mais uma vez, recomendou silêncio durante o passeio na gruta. Formaram um círculo, deram as mãos e, em voz alta, ela pediu licença à natureza e à bruxa para visitar sua casa. Dessa parte a Bia gostou, porque na hora em que o pedido foi feito um vento forte começou a soprar, e ela refletiu que, talvez, fosse um sinal de que eram bem-vindos. Sentiu-se estranha em pensar dessa forma, mas foi tão natural... O Waterson e o Valterson não participaram da roda e ficaram de fora olhando com uma cara de "só aparece maluco por aqui"...

Em fila indiana, entraram na gruta; os dois meninos foram na frente, mostrando que conheciam intimamente

o caminho. Poucos metros adiante a Bia já estava impressionada: a luz das lanternas iluminava a parede, e ela brilhava. Era como se houvesse pequenos pedaços de vidro ali, aos montes, enfeitando o caminho. Também passava uma sensação de frescor e umidade, mas era diferente da Gruta do Carimbado.

A Bia passou a mão na parede e sentiu que ela era fria e suave... como se fosse recoberta por areia fina. O caminho era mais amplo que lá no Carimbado, mas tinha alguns trechos difíceis de passar, bem estreitos, onde era necessário virar de lado e encostar na parede. Precisaram descer um trecho com a ajuda da corda e até que não foi difícil, porque a Martinha ficou em cima iluminando e explicando e o Marcelo ficou embaixo ajudando. Os miniguias esperaram sentados e desceram por último, com uma agilidade impressionante. O Waterson, que era o conversador, chegou na Bia e disse:

– Você vai ver que coisa mais linda ali na frente... toda sua turma vai achar que valeu a pena pagar a gente pra trazer vocês aqui – falou todo cheio de si.

Ela pensou em dizer que chegariam ali mesmo sem eles, mas nem deu tempo...

A Bia ouviu os comentários dos amigos, olhou para a frente e não acreditou quando viu o imenso salão em que tinham chegado. Parecia cenário de filme... mais uma surpresa, um caminho estreito, um mergulho dentro da terra para chegar a um salão subterrâneo estonteante.

O Valterson conversou com a Martinha perguntando se iriam adiante. Ela respondeu que voltariam dali pelo mesmo caminho. O Ruivo tentou reclamar: se havia mais, queria ver. Ela explicou que a saída pelo outro lado seria difícil e que o melhor era voltar dali. Ficaram parados uns cinco minutos, beberam água e começaram a retornar...

– Não acredito! – a Bia falou para a Bianca. – Esse povo é o maior bate e volta! Esse lugar merecia que a gente ficasse um tempão, quietinho, só observando...

– Excursão é assim, Bia. Chegou, viu, já conheceu, agora vamos para outro ponto. E olha que esse pessoal ainda faz uns roteiros mais alternativos. É só reparar... só tem a gente aqui... Se fôssemos para as cachoeiras perto da cidade seria um estresse. Deve estar tudo lotado a uma hora dessas.

– Mas bem que a gente podia aproveitar mais, parar com calma.

– Se tivesse um ET aqui, pode acreditar que eles passariam horas! Dias! Semanas!!! – e riram juntas.

– É isso, sabe? Esse povo fica olhando tanto pro céu, procurando algo em que acreditar, algo de maravilhoso, e não percebe o que tem em volta. Não conseguem notar o que de maravilhoso tem aqui, bem na frente do nariz deles.

– Concordo, Bia. Sabe que, agora há pouco, eu tentei falar com o Marcelo e o Ruivo... falei que este lugar era um espetáculo e só ouvi "humhum" de resposta... maior sem noção esses caras. Agora, vamos que já estão todos lá na frente esperando por nós duas...

***

Fizeram o caminho de volta com mais dificuldade, mais cansados... e foi incrível a sensação de sair daquele escuro para a luz do dia. O sol parecia mais luminoso e escaldante do que nunca. Dessa vez, a Bia não achou que saiu suja da caverna: saiu brilhante, isso sim... A mica das paredes aderiu nas roupas e na pele de todos, cada um deles trazia um pouco da caverna em si mesmo.

Do lado de fora, a parada foi só para reunir todo mundo e começar a descida para Sobradinho. A Bia ficou para trás. Parou na entrada da caverna e agradeceu:

– Obrigada. Gostei muito de conhecer você. Um dia volto para te conhecer ainda mais...

E seguiu atrás do grupo. Desceu distraída, novamente olhando as plantas, e até viu um lagarto descansando, tomando seu banho de sol em cima de uma pedra. Era pequeno, uns 30 centímetros... *quase uma lagartixa grandona.*

Riu para o lagarto... provavelmente, a galera apressada não tinha visto o bichinho ali. Ela viu! Só não parou para tirar uma foto porque estava muito atrasada em relação ao grupo.

Quando se deu conta, estavam perto do riacho e daquele tronco... Tinha até esquecido que passariam por ali de novo, já que optaram por voltar pelo mesmo caminho. Decidiu não passar por cima dele. Desceria o barranco e atravessaria o rio. *Isso!*

E foi assim que fez. A Bianca percebeu e a acompanhou. As duas passaram com a água um pouco acima dos joelhos. O fundo do rio tinha pedras grandes e soltas, era preciso tomar cuidado para não escorregar. As duas não tomaram tanto cuidado, se desequilibraram, quase caíram, deram as mãos para uma apoiar a outra, trocaram olhares e riram muito...

Já do outro lado, viram que os dois irmãos-guias fizeram o mesmo e ainda aproveitaram para entrar de corpo inteiro na água. Chegaram ensopados e rindo também.

O Marcelo se aproximou e falou em tom de reprovação:

– Bia, você deveria enfrentar seus medos... – e saiu.

Ela ficou com uma raiva! Quase foi atrás dele, mas não sabia o que dizer. No fundo se sentiu magoada e envergonhada.

– Liga não, Bia. Esse idiota não percebe que existem diferentes formas de enfrentar um desafio... Ele se acha o Indiana Jones só porque anda em cima de um tronco pra lá e pra cá... – e a Bianca fez uma careta tão esquisita que a Bia e os meninos tiveram um ataque de riso.

Chegando à Gruta do Sobradinho, a Bia virou para a dupla Waterson-Valterson e perguntou:

– Ué, vocês também vão guiar a gente aqui no Sobradinho?

– É um extra! – respondeu o mais falante. – Como vocês são legais, a gente vai cuidar de vocês até a cachoeira! Pra nada acontecer... entende?

Ela riu. Começava a curtir o moleque.

Essa gruta foi muito mais fácil de atravessar. Tudo bem que tinha alguns trechos com água e o pessoal precisou molhar o tênis. Mas para a Bia e a Bianca, que já estavam molhadas, isso não dificultou nada. O legal é que eles atravessaram a gruta, entraram por um lado e saíram por outro, pertinho de uma cachoeira. Por ali havia bem mais gente, latas e garrafas PET jogadas no chão e uma moçada fazendo uma gritaria dos infernos.

Tomaram um banho e nem meia hora depois seguiram para a *van*. O Waterson e o Valterson ainda tentaram vender umas casinhas de pedra bem esquisitas que a irmã deles fazia. Depois se despediram com um sorrisão, dizendo que quando voltassem ali era só procurar por eles.

– Queridos – falou a Martinha quando a *van* chegava perto da cidade –, eu vou mudar o nosso roteiro, agora. Do jeito que estava cheio lá no Sobradinho, acho que as outras cachoeiras vão estar ainda mais lotadas. Vamos ficar aqui na cidade, então... amanhã ou depois visitamos as cachoeiras.

O pessoal reclamou um pouco, mas a Bia gostou. Fora que estava morrendo de fome e, na cidade, com certeza, seria mais fácil achar algo para comer.

***

A *van* estacionou perto da igreja de pedras, e a Martinha combinou:

– Vou deixar vocês curtirem a cidade livremente. São 3 horas agora. Nos encontramos ao pôr do sol no mirante, na casa da pirâmide.

E o pessoal foi dispersando. A Bianca olhou para a Bia:

– Vamos?

– Claro!

– Vou ficar com vocês, tudo bem? – perguntou a Mariana.

– Ótimo! Você já conhece tudo por aqui e pode mostrar para mim e para a Bia.

– Acho que vou descobrir muitas coisas com vocês também – respondeu a Mariana.

Primeiro decidiram que precisavam comer alguma coisa. A Mariana sugeriu uma *pizza* assada na pedra. Sugestão aceita, foram rapidinho para o restaurante, mas para isso precisaram atravessar a cidadezinha.

A Bia gostou do chão de pedras: realmente era todo feito de pedras São Tomé. O resultado era um calçamento desigual, com umas pedras mais altas que as outras, era preciso olhar para não tropeçar... gostou das casas de pedra também, pareciam ser bem escuras por dentro e deveriam ser geladas...

Lamentou que tantas casas de alvenaria ocupassem a cidade. A Mariana contou que antes a região era toda de casas de pedra, mas muitos moradores deram preferência à alvenaria e derrubaram as construções antigas. *Que bobagem...* As que sobraram atraíam os turistas, eram pousadas, restaurantes, lojas, ou mesmo casa de moradores que acabavam sendo alugadas aos visitantes. *Devia ser legal a cidade antes, uma cidade só de pedra...*

No restaurante encontraram a Martinha, o Marcelo e o Pedro. Sentaram todos juntos. Esperaram muito pela refeição e alguém até brincou que a comida era mineira, mas o atendimento era baiano, bem tranquilo. O que importa é que valeu a pena esperar. Que delícia!

E de quebra conversaram bastante enquanto aguardavam. Quer dizer... a Bianca não parou de falar um segundo com o Pedro, num entusiasmo de chamar a atenção de qualquer um. E a Bia... bem... a Bia foi cercada pelas atenções do Marcelo. Ele se desculpou por ter sido meio grosso com ela depois da travessia do rio. Disse que ficou chateado porque achou que ela não confiava nele para segurá-la de novo... que ele era assim mesmo, falava tudo de uma vez, sem pensar, e depois se arrependia.

A Bia começou a achar que o Marcelo era realmente um fofo, mas o almoço acabou e o grupo se separou. As três meninas queriam ver as lojas e os outros três preferiam já ficar no mirante observando a paisagem e até tirando uma soneca.

A Bia pediu que as meninas esperassem por ela: queria ligar para a mãe. Sentaram em uma sombra e as três sacaram seus celulares, agora com sinal:

– Mãe!

– Filha! Que bom que ligou! Leandro, é a Bia! Você está bem, querida?

– Estou ótima, mãe.

– A Martinha está cuidando bem de você?

– Claro, mãe.

– Está comendo direito, Bia?

– Estou comendo demais! A Leila, dona da pousada, faz uma comida divina! Acho até que vou voltar para casa mais gorda.

– Que ótima notícia... pega o telefone dessa Leila pra mim, então. Vou pedir umas receitas pra ela pra ver se faço você comer por aqui também... Seu pai quer falar, vou passar pra ele!

– Beijo, mãe.

– Filhota! Que saudade de você! Tá voltando hoje?

– Ai, pai... não enche!

– Então me conta como é essa cidade. Bonita igual Atibaia?

– É bem diferente de Atibaia, pai. É lindo aqui!

– Tá tirando muita foto?

– Sabe que não? Estou vendo tanta coisa que até esqueço o celular...

– Que milagre é esse?! Pode continuar esquecendo o celular que eu procuro imagens na internet. Curte aí, filhota!

– Vou curtir, pai. Fala pra mãe que eu não sei se vai dar pra ligar de novo, tá? Não é sempre que a gente para onde tem sinal. Só na cidade é que ele funciona...

– Fica tranquila, Bia. A gente sabendo que você está bem, fica tudo certo. Aproveita! Beijão, filha.

– Beijão, pai. Amo você.

– Também amo você.

A Bia desligou agradecendo aos céus por nem o pai nem a mãe terem perguntado nada do Gabriel... seria complicadíssimo explicar a história toda por telefone. Melhor assim, quando voltasse contaria tudo a eles.

A Bianca e a Mariana não quiseram ligar para os pais e ainda zoaram a Bia dizendo que isso era coisa de criança.

Foram conhecer a outra igreja, a matriz, ali pertinho, com um cemitério também de pedra... onde as pessoas andavam sobre os túmulos... e visitaram também a Gruta de São Tomé, que tinha umas inscrições estranhas nas paredes, como se fossem letras de outro alfabeto, desconhecido. A Mariana explicou que era por causa do santo, que aparecera ali na gruta a um escravo fugido, que a cidade se chamava São Tomé. E era por causa daquelas inscrições na entrada da gruta que era São Tomé das Letras.

Depois foram à feirinha de artesanato e passaram um tempão vendo as casinhas de pedra, bem mais caprichadas que aquelas oferecidas por Waterson e Valterson.

– A pedra aqui é tudo, né? – falou a Bianca. – É matéria-prima para as casas, para o calçamento, para o artesanato...

– Para as pedreiras... – completou a Bia.

A Mariana comprou um colar e um par de brincos. Depois visitaram as lojas da cidade e a Bianca comprou uma camiseta com um duende sentado em cima de um cogumelo e o nome da cidade embaixo. Aliás, só tinha camiseta com duendes, fadas, ETs, magos, bruxas, discos voadores e coisas assim. A Bia queria encontrar algo para levar para a mãe e o pai, acabou escolhendo uma casinha de pedra e mais uma vez teve que ouvir as gozações de "criancinha", "filhinha do papai" e coisas do tipo. Elas não cansavam de andar, andar e sentir a cidade. Conversando com um vendedor aqui, outro ali, Bia foi percebendo que a maioria era de fora, de outras cidades de Minas ou de São Paulo, pessoas que passaram a morar em São Tomé por um motivo ou outro. Não falou com nenhum que tivesse nascido na cidade. A Bianca disse que a maioria dos habitantes locais devia trabalhar nas pedreiras...

Em algumas lojas, as paredes e os balcões traziam imagens de extraterrestres. A Bia achava exagerada aquela fixação. Naquela cidade, a existência dos ETs era um fato inquestionável. Pensou que não honravam o nome do santo... aquela história que o Pedro falou: do só acredito vendo... mas logo em seguida se pegou imaginando que talvez todos tivessem visto, né? Daí a certeza.

Chegaram de novo à Igreja do Rosário e deram a volta nela, olhando tudo. As pedras encaixadas formavam aquela construção tão grande. Sentaram numa sombra e ficaram discutindo como teria sido a construção daquela cidade, daquelas casas, daquela igreja... Como seria morar lá no passado distante? A Mariana disse que, da outra vez que veio com a galera, conversou bastante com o seu Paolo:

– Ele contou que aqui era terra de fazendeiros e escravos, uma vida dura para quem morava na cidade porque a água não chegava aqui em cima e as pessoas faziam um mutirão todos os dias para pegar água no poço lá embaixo e passar os baldes cheios de mão em mão.

– Nossa, que sacrifício...

– Sabe aquele restaurante todo de pedra que você achou legal, Bia?

– Aquele que fica bem numa esquina?

– É... ele contou que ali morava uma bruxa muito famosa na região, a Maria Cornélia. Disse que a mulher era tão conhecida que vinha gente de longe encomendar feitiço.

– Mais uma lenda... – comentou a Bianca. – O que essa cidade mais tem é história fantástica, né?

– Nada disso, Bianca. O seu Paolo disse que ele comprou a casa da tal bruxa quando veio morar aqui em São Tomé e os moradores ficavam de olho pra ver se o fantasma do Sebastiãozinho, filho da Maria Cornélia, pegava ele ou não...

– Isso não prova que ali morou uma bruxa ou tinha realmente um fantasma, é tudo coisa da cabeça do povo.

– Olha, Bianca, ele disse que tirou quatro carrinhos de mão cheios de feitiços do porão da casa.

– Sério? – assustou-se a Bia.

– Sério! E disse que guardou alguns de lembrança lá na casa dele, na fazenda.

– Ai, credo! Até arrepiou! Vamos andar? – chamou a Bia, já levantando.

Dessa vez contornaram a cidade por fora, pela borda explorada pelas pedreiras. Era uma paisagem estranha, bonita e triste ao mesmo tempo. Branca, toda de pó e cacos de pedras. Sentaram um pouco num murinho e ficaram ali, olhando aquela devastação e o horizonte, que ao longe parecia mais vivo. Realmente estavam muito no alto. O céu se tingia de laranja. Um vento frio começou a soprar. Seria bonito ver o pôr do sol dali, mas precisavam encontrar o resto do pessoal. Devagar foram para o mirante, tagarelando. Uma subidinha chata no meio de muita pedra... e parece que todos os turistas tiveram a mesma ideia: ver o pôr do sol dali.

O lugar estava lotado! Tinham certeza de que não encontrariam ninguém do grupo... mas ouviram:

– PRIIIIIIII!!!! QUERIDAS, AQUIIIIIII!!!

Que mico!

Na mesma hora viram o pessoal sentado em cima do telhado da casa da pirâmide e a Martinha em pé, acenando para elas.

Nem olharam para os lados de vergonha, foram direto para lá. Foi então que a Bia percebeu que era o telhado da casa, feito de concreto, que formava uma pirâmide. Com jeito e muitos pedidos de licença, chegaram e se espremeram entre o pessoal.

Pela primeira vez, a Bia pensou que andar no meio de um bando de gente que vestia camisetas de ET não era motivo de estranheza... ali dava de tudo, e as camisetas da turma nem eram o que havia de mais diferente!

E que vista incrível! Lá embaixo uma mata verde... verde... o céu misturando o laranja com o azul... alguém tocava um violão por perto. A Bia sentiu-se tão livre, tão distante da realidade que vivia no seu dia a dia... Adorava ver o pôr do sol da praia, mas assim, da montanha, era a primeira vez. Nunca tinha ficado na Pedra Grande de Atibaia para ver o sol se pôr... sempre fazia o passeio logo cedo e voltava no início da tarde.

A mata verde ganhou um tom dourado. O sol baixando e o céu tingindo-se de azul-escuro. Fazia frio já, mas todo mundo ficou tão pertinho um do outro que era gostoso estar ali... sentir o vento frio sem sentir frio realmente.

A Martinha agitou o pessoal para ir embora. Devagar, caminharam juntos até a *van* atravessando a cidade de novo. A Bia estava cansada, arrastando as pernas, querendo banho e cama... mas não foi isso o que rolou. Afinal, o grupo era de ufólogos e óvnis são mais comuns à noite... certo?

Contatos quase imediatos

Então, na pousada, foi banho, um tempo de descanso, jantar e... vigília. A Bia também perguntou:

– O quêêê???

– Hoje vai ser pra valer – respondeu o Marcelo, que jantou sentado ao lado da Bia e cercando-a de atenção. – Põe uma roupa quentinha, traz a lanterna, o papel celofane e o elástico. Você lembrou de trazer o papel celofane azul, não lembrou? Ele será fundamental!

Claro que tinha lembrado... finalmente descobriria para que ele servia, mas a canseira dizia: *ca-ma-ca-ma-ca--maaaaa*.

Acabaram de jantar perto das 10 da noite, voltaram para o chalé para pegar a lanterna, o papel celofane e o elástico. A Bia se jogou na ca-maaaaa, mas a Bianca apareceu para resgatá-la e arrastou a garota com ela. Não quis saber de reclamações:

– Não foi o máximo ontem à noite na mata?

– Foi. Mas hoje a gente não vai lá de novo, vai?

– Eu também não sei pra onde a gente vai, mas vamos acreditar que vai ser legal de novo... até agora, o que não foi?

Quando chegarmos em São Paulo, passamos uma semana inteira dormindo, ué! Aqui a regra é aproveitar, combinado?

A Bia ficou quieta. Realmente podia reclamar das ideias da galera, do pique de chegar e sair rapidinho dos lugares, mas os passeios, ainda assim, tinham sido bem legais. E passear com a Bianca, conversar com ela, precisava admitir, estava sendo bom também... e tinha o Marcelo, né? Deixou-se arrastar, então.

Na frente do refeitório, a Martinha, o Marcelo e o ET ajudavam a galera a prender um pedaço de papel celofane azul em cada lanterna. Quem já tinha a sua pronta, apontava para o céu e piscava – acendendo e apagando a luz.

– Agora não, queridos. Só quando estivermos no mirante.

– Para que colocar esse celofane na lanterna? – perguntou a Bianca para o Marcelo.

– Para contatar os confederados... Se piscarmos as lanternas com a luz amarela, acabaremos atraindo os não confederados... e isso ninguém quer, não é mesmo?

– Claaarooo... nada de não confederados... – a Bianca respondeu e olhou para a Bia, com as sobrancelhas levantadas. Aí falou baixinho para ela:

– Acho que começo a entender: confederados são ETs bonzinhos, ETs do bem; não confederados são ETs perversos, do mal...

Seguraram o riso e ficaram esperando ali do lado. O Pedro chegou junto:

– E aí, meninas, qual foi a piada?

– Nada não... – respondeu a Bianca. – Mas fala aí: essa história de lanterna piscando azul para atrair alienígenas confederados... o que você acha disso?

– Olha, Bianca – começou o Pedro com uma cara engraçada –, não temos nenhuma prova de que existam mesmo esse tipo de classificação... o que é fato é que parece que sinais luminosos estimulam o contato, o avistamento. Mas também não é nada comprovado... acho que vale tentar, né?

Lanternas prontas. Todo mundo na *van*. Música de relaxamento em volume baixo... e é claro que a Bia apagou, né? Dormiu gostoso e acordou com a Bianca chamando.

– Chegamos, Bia! Vamos descer!

Uma Bia sonolenta levantou e demorou um pouco para entender onde estava e o que fazia ali. Era um lugar alto, um mirante. *Essa cidade tem quantos mirantes, afinal?*

De um lado da estrada, um paredão de pedras com algumas inscrições incompreensíveis que, segundo a Mariana, foram feitas por alienígenas.

O pessoal se ajeitou no chão, entre as pedras do mirante. Estava um frio forte lá em cima. Apareceram uns cobertores e uma garrafa térmica com chá. Todo mundo enrolado, se esquentando, as lanternas começaram a agir. Cada qual piscando a sua para um canto do céu.

– Eu não vou fazer isso! – reclamou a Bia no ouvido da Bianca. – Coisa mais ridícula!

– Em terra de romanos, aja como um romano...

E as duas começaram a piscar suas lanternas também... Uma luz apareceu no céu e a galera se agitou.

– É um óvni!

– Será que é confederado?

– Só pode ser... atendeu ao nosso chamado.

– Eu acho que é um avião... – falou Pedro, e todo mundo olhou torto para ele.

Era um avião... quando ele se aproximou deu para ver as luzes vermelhas e verdes das asas e a cauda. Tudo piscando...

– Sabe – a Bianca falou baixinho para a Bia e o Pedro ouvirem –, eu tenho um tio que é piloto e sempre conta uma história que só agora eu entendi... Ele diz que, quando o voo dele passa sobre São Tomé das Letras, gosta de piscar as luzes do avião no ritmo daquele filme do Spielberg, *Contatos imediatos do terceiro grau*.

– Eu sei. Aquele TAN-TAN-TAN-TAN-TAAAANNNN.

– Isso... imagina ele piscando as luzes lá e os malucos aqui embaixo vendo ET.

Os três começaram a gargalhar e o Ruivo se aproximou:

– Pessoal, na boa, se não ficarmos quietos, dificilmente veremos alguma coisa... se vocês não estiverem a fim de ficar na vigília, vão para a *van* e durmam, falou?

– Falou... – responderam a Bia e a Bianca juntinhas, achando o cara um exagerado. Não podia pedir sem ser grosso?

Ficaram quietas, piscaram lanternas, mas nada aconteceu de diferente. Voltando para a *van*, o ET olhou para as duas e começou a falar em voz bem alta para todo mundo ouvir:

– Se algumas pessoas não estão na mesma vibração, fica difícil fazer qualquer tipo de contato... os alienígenas são sensíveis e captam essas coisas... e além do mais... – calou a boca.

Em cima da *van*, bem lá no alto, parecendo estar perto da Lua, que agora minguava, havia uma bola de luz alaranjada.

Todo mundo ficou em silêncio, todo mundo viu...

A Bia pegou na mão da Bianca e nenhuma delas conseguiu falar nada.

A bola era bem maior que qualquer estrela e, decididamente, não era um avião.

De repente começou a se deslocar com velocidade no céu. Fez uns desenhos malucos e se afastou, até se misturar com as estrelas.

– O que foi aquilo? – perguntou a Bianca.

– Um óvni – respondeu o ET ali do lado, agora calminho. Ela olhou para o Pedro e ele só confirmou com a cabeça.

***

No caminho de volta cada um contava o que tinha visto de um jeito... A mesma experiência parecia uma dezena de causos diferentes no comentário da galera. A Bia e a Bianca se envolveram também. Concordavam em seus relatos, pelo menos parecia que tinham visto a mesma coisa... mas só os dois relatos e o do Pedro eram parecidos entre si... os demais...

– Por que a gente não conversa desse jeito sobre o que vimos na mata, na cachoeira ou na gruta? Por que essa galera só se empolga com algo assim? Está certo que foi legal, impressionante, mas a gente nem sabe o que viu...

– Olha, Bia, eu, você e a Bianca podemos não saber... mas o resto do pessoal, se bobear, anotou até a placa do disco voador e é amigo íntimo da mãe do ET que pilotava aquilo – respondeu o Pedro em tom de brincadeira.

Chegaram à pousada e o seu Paolo esperava todo mundo na entrada do refeitório. A Leila trouxe um chá quentinho... chá de alfavaca... Segundo ela, era para acalmar e dormir bem.

A Bia se aproximou do seu Paolo e, meio sem jeito, puxou conversa.

– Seu Paolo, aconteceu uma coisa agora que eu não entendi...

E contou a ele, sem saber por que fazia aquilo. Descreveu o que viu e a reação das pessoas, cada uma acrescentando algo, ou vendo realmente coisas diferentes.

– Olha... é Bia, né?

– Isso! Bia...

– Pois bem, vou responder a sua pergunta por partes. Primeiro, eu não sei o que vocês viram agora à noite. Pode ter sido diversas coisas. Segundo, o fenômeno óvni existe. Veja bem, estou falando de óvni, não estou falando disco voador ou extraterrestre. Muitos pesquisadores sérios, no mundo inteiro, estudam o fenômeno, mas até hoje não há provas concretas que mostrem que são naves, que são terrenas ou extraterrenas ou intraterrenas...

– Então... o que eu vi?

– Como eu disse, não sei. Mas pela sua descrição e mesmo pelas diferentes impressões do pessoal, eu diria que foi um objeto voador não identificado, o famoso óvni, ou ufo em inglês, como preferir. E não arriscaria mais nada.

– E por que cada um viu de um jeito?

– Mesmo que seja uma cena simples, por exemplo, um menino mergulhando em um rio e catando um peixe com as mãos... se dez pessoas observarem a cena, teremos dez jeitos diferentes de narrar, dez maneiras de ver a situação. Agora, imagine presenciar uma cena extravagante, para a qual você não tenha as respostas... você vai tentar descrever a partir de coisas que conhece ou de crenças pessoais.

– Acho que entendi... Como o senhor sabe disso tudo?

– Moro aqui há muitos anos e já vi e ouvi muita coisa. Fora isso, ser dono de pousada faz a gente entender um pouquinho como as pessoas pensam – e deu uma risadinha. – Vai dormir tranquila agora?

– Não sei nem se vou conseguir dormir.

Mas pouco depois estava no chalé dormindo gostosamente.

***

De manhã, acordou antes do apito, até estranhou... Levantou-se, foi ao banheiro e deu uma espiada na janela para ver se as aranhas estavam por lá. Não estavam. Olhou para o alto da árvore e localizou a bola de teia, agora cheia de pintas pretas dentro. Deviam estar dormindo.

Pensou em voltar para a cama, mas lembrou-se dos saguis. Colocou uma roupa e saiu de mansinho para não acordar a Bianca. Sentou no degrau do lado de fora e, minutos depois, ouviu um barulho nas árvores. Eram eles, passando em família, fazendo uma barulheira e olhando com curiosidade para ela... *que encanto!*

PRIIIIIII!!!

E lá se foi a família assustada. A Bia ainda ficou por ali, bem quieta. Ouviu a Bianca levantar e ir ao banheiro. Ouviu um grupo de maritacas passar gritando, verdes e lindas, voando juntas em algazarra. A Bianca saiu e deu um bom-dia animado. Foram para o refeitório e assim que chegaram, ouviram a Martinha:

– Olá, queridas, bom dia! Agora que está todo mundo aqui, é o seguinte: hoje vamos ter um dia mais leve para descansar. Amanhã vamos ao Pico do Gavião, e como o passeio para lá é puxado, o melhor é descansarmos um tanto. Então visitaremos algumas cachoeiras agora de manhã, voltaremos para almoçar aqui e à tarde ficaremos na fazenda mesmo.

A Leila chegou perto da mesa trazendo pães de queijo quentíssimos e crocantes! Ninguém pensou em mais nada a não ser comer...

Depois de um bom tempo e de ter uma sensação de "estômago lotado", o pessoal saiu do refeitório, foi colocar roupa de banho, passar protetor solar e, uns 20 minutos depois, estavam na *van*, rumo à Cachoeira do Véu da Noiva. Demorou uns 10 minutos para chegarem lá. Ficava bem perto da fazenda.

A estrada era no alto, na altura do topo da cachoeira, então desceram uma trilha que era acompanhada por um corrimão feito de bambus. O barulho da água era muito forte e logo avistaram a queda: era enorme e acabava em um poço bem grande, ideal para nadar. A água estava tão clara que dava vontade de beber!

Como ainda era muito cedo, só estavam eles ali. O pessoal hospedado na cidade com certeza chegaria em breve, ainda mais com o Sol que estava esquentando tudo. Por enquanto, o lugar era só deles e o negócio era aproveitar.

– Que linda! Quanta água! – a Bia falou alto.

– Difícil imaginar que no meio dessa secura toda tenha tanta água, né? – falou Marcelo, que estava perto dela.

– Você também pensa assim? Falei exatamente isso para a Bianca quando visitamos o Vale das Borboletas.

– E olha que lá a queda é pequenininha se comparada a esta. Impressionante a quantidade de água, né? Delícia é tomar um banho nessa superducha!

– Imaginou quantas nascentes se unem para formar tudo isso?

– Essa região tem muitas nascentes mesmo, Bia. Água limpa filtrada pelas pedras, mas sabe que nas últimas décadas uma boa parte delas desapareceu?

– Nossa! Como, Marcelo?

– Secou, sumiu. Causas existem aos montes, né?

– As pedreiras?

– Não só elas, mas também elas. Vamos descer e tomar um banho?

Foi uma delícia! A água era muitíssimo gelada, mas a ducha forte dava uma sensação de aquecimento, era um frio-quente ao mesmo tempo. A Bia estava contente por ter mais uma conversa civilizada com o Marcelo e por perceber que ele não estava com raiva dela. *Se bem que nem tem motivo para isso... ou tem?*

Todos entraram na cachoeira gelada e aproveitaram ao máximo, nadaram no lago, que tinha pedra e areia no fundo. O único barulho era o da queda-d'água batendo forte nas pedras e no lago. Pena que essa paz acabou rápido com a chegada de um caminhão lotado, trazendo uma galera que desceu gritando e fazendo a maior algazarra.

Bia nunca tinha visto um caminhão sendo usado como transporte turístico e a sensação que teve é de que ele despejou aquele povo todo como se fosse uma carga e foi embora, encher a carroceria de gente novamente.

A Martinha, vendo a cena, começou a avisar todos que desceriam o rio para conhecer a outra queda, mais adiante, a do Paraíso.

Seguiram pela margem mesmo, por uma trilha difícil e acidentada. Avançaram devagar, e a Bia morrendo de medo de escorregar e cair no rio que corria rápido entre pedras enormes.

Chegaram! A cachoeira era menor que a anterior, mas também muito bonita, bastante larga e com muita água. Havia uma prainha de areia e o pessoal se ajeitou ali. A Bia tomou um pouco de sol e voltou para debaixo d'água. De repente o Marcelo a puxou para o lado com força, dando o maior susto!

Não entendeu direito, mas logo viu uma garrafa PET cheia de refrigerante boiando na água. Alguém atirara a garrafa lá de cima. Logo, dois rapazes apareceram. Um sentou no alto da cachoeira e o outro pulou de lá gritando.

– Vocês são uns idiotas mesmo – o Marcelo falou alto. – Não pensam, não? Como atiram uma garrafa cheia lá de cima? Sem ver se tem alguém aqui? E se cai na cabeça de um de nós?

– Ô, cara, desculpa aí... a gente só queria era gelar o refri.

– Bando de maluco irresponsável, isso sim!

– Pega leve, meu irmão. Somos da paz... estamos aqui para curtir a natureza.

– Que "meu irmão", que nada. Para curtir a natureza precisa acabar com o sossego de todo mundo?

– Ihhhh... olha o cara! Maior estresse...

– Marcelo, vamos embora, chega de discussão – era a Martinha se aproximando e acabando com a situação de conflito de um jeito que não resolvia nada, mas evitava confusão maior.

O Marcelo concordou e todos começaram a sair. Só então a Bia percebeu que por todo esse tempo estava abraçada com o Marcelo. Ele a soltou, ela ficou sem jeito e disse um "obrigada" toda tímida.

– Não foi nada não, Bia. Vamos subir. Vem na minha frente.

Ele podia ser meio bitolado quando o assunto era extraterrestre, mas fora isso... *o Marcelo realmente é um fofo! Me salvou e me defendeu de um jeito que ninguém nunca fez antes. Mas podia ter sido menos agressivo com aqueles caras.*

Subiram por outro caminho, no meio da mata bem espaçada, só com algumas árvores baixas e muitos arbustos, grama e pedra... a secura rodeando tudo em volta e tão perto de toda aquela água.

A Martinha chamou o Marcelo para uma conversa com uma cara séria demais, e ele foi sentado na frente, junto com ela e o motorista. Parecia dar uma bronca nele, e a Bia não gostou disso. Afinal, o Marcelo tinha protegido e defendido ela e todo o grupo, não é?

– Apaixonou... – era a Bianca falando baixinho para ela.

– Eu? Como assim?

– Você não está conseguindo disfarçar e nem precisa... Ele foi meio grosso lá na cachoeira, mas defendeu você, né?

As duas riram e ficaram conversando sobre o que acontecera, sobre as pessoas que não respeitam a liberdade dos outros e pensam só em si mesmas, sobre a irresponsabilidade e a falta de noção... A Bianca achava que o Marcelo poderia ter conversado na boa com aqueles rapazes, mas entendia a explosão. Quando perceberam, a *van* tinha parado novamente.

– Queridos, mais essa cachoeira e voltamos para a pousada.

A Bia tentou alcançar o Marcelo, que seguia na frente de cabeça baixa. Quase correu, mas não queria dar tanta bandeira assim. Acelerou o passo mantendo a pose. Foi que foi e... *ufa!* Conseguiu!

– Você sabe o nome dessa cachoeira, Marcelo? – falou arfando, quase sem ar.

– É a Cachoeira do Flávio – respondeu sem vontade.

– Ela é grande igual ao Véu da Noiva?

– Não. Está mais para a do Paraíso.

– Sei... Você conhece todas as cachoeiras de São Tomé?

– Todas, todas, não. Mas conheço a maioria.

– E tem muitas ainda que a gente não viu?

Aí ele riu.

– Olha, gata – ela adorou o "gata" –, há umas trinta cachoeiras em São Tomé das Letras... precisa vir muito pra cá para conhecer todas.

– Trinta? Tudo isso?

– Ou mais! Tá certo que nem todas são grandes, tem muitas quedas pequenas, como aquela lá da fazenda, que vimos à noite.

– Nem deu pra ver direito… eu não saberia dizer se ela é grande ou pequena.

– Hoje à tarde estaremos livres. Se quiser, vamos até lá e você vê como ela é.

O coração da Bia pulou!

– Claro!

– Pode chamar sua amiga também. Eu vejo com a galera quem mais quer ir com a gente e vamos depois do almoço.

Então não foi um convite romântico? Fazer o quê? Mesmo assim a Bia ficou feliz. Pelo menos era um convite.

Chegaram à Cachoeira do Flávio e havia bastante gente por lá, mas parecia ser um pessoal mais sossegado. A cachoeira era bem bonita, uma queda gostosa para banho.

Aproveitaram um pouco e decidiram voltar porque o estômago já roncava de fome.

Bonito e frágil

Chegaram antes do horário marcado e o almoço não estava pronto... Sentaram do lado de fora para esperar. Alguns deitaram na grama. A Bia ficou numa rodinha com a Bianca, o ET, o Ruivo e a Mariana. Logo o ET fez uma descoberta:

– Caraca! Olha ali perto da parede!!! Um bando de formiga mutante.

– Ih, cara, é mesmo! Coisa mais esquisita...

Foram ver as tais formigas mutantes e era preciso admitir que pareciam um tanto estranhas mesmo: tinham o tamanho de uma saúva, mas eram escuras e com um desenho amarelo-vivo nas costas. Ficaram olhando um tempo e ouvindo o ET descrever sua teoria sobre como as formigas foram abduzidas, sofreram mutações genéticas e agora eram altamente radioativas. Aliás, todos eles já estavam contaminados!

Finalmente a Leila apareceu chamando para o almoço. A Bia perguntou a ela pelo pessoal da meditação transcendental. Tinham ido embora, mas antes fecharam o jejum com um almoço caprichado, com direito a linguiça frita e torresminho... A Bianca ouviu e lambeu os lábios... Mas é claro que o almoço do pessoal da ufologia não teve isso aí. Afinal, não podiam comer carne para não diminuir suas "vibrações"... Mesmo assim, foi caprichado. Teve uma folhinha empanada que a Leila explicou ser "peixinho", e a danada da folha lembrava mesmo o sabor de peixe. Comeram panqueca de taioba, mandioca frita e salada. Na hora da sobremesa, um doce divino de abóbora com coco.

O Marcelo sentou perto da Bia e falou que o Pedro iria com eles até a cachoeirinha, mas combinaram de ir mais tarde e dar uma espreguiçada depois do almoço. A Bia não estava com nenhuma vontade de dormir... queria era andar, mas concordou. Na saída, falou o que pensava para a Bianca e ouviu dela:

– Então vamos andar, ora!

Essa Bianca realmente é legal! Logo que saíram do refeitório viram o Ruivo e o ET ao longe e foram atrás deles.

– Ei, vocês vão passear?

– Vamos dar uma volta na estrada velha... até o Rio do Peixe, mas antes vamos escovar os dentes...

Foram juntos para os chalés e os meninos explicaram o trajeto que fariam. Eles já tinham andado por ali e as meninas aproveitariam a "carona" para conhecer mais o lugar.

Logo estavam a caminho e foi muito bom sair da estrada e andar por uma rota abandonada há tempos. A vegetação crescera e a sensação era de que caminhavam numa trilha no meio da mata. Quanta borboleta! Amarela, branca, azul, laranja, preta com verde, preta com amarelo... grandes, médias, pequenas, mínimas... todas esvoaçavam, pousavam nas flores e voavam de novo. Enfeitavam a paisagem lindamente com leveza e cor.

Viram uma árvore que nascia de dentro de uma pedra, toda torta, mas firme e forte. Pararam e ficaram olhando, tentando imaginar como sobrevivia ali. A Bia se admirava que o ET e o Ruivo estivessem caminhando com elas, observando e se deleitando com tudo sem falarem de alienígenas, e mais: estavam conversando, trocando ideias e impressões.

— O que é aquela bola na árvore? — perguntou a Bia.

— Naquele tronco? — continuou o ET.

– Olha, parece vespeiro... mas pode ser um cupinzeiro também... como não tem movimentação de moradores, fica difícil dizer – concluiu a Bianca.

– E aquele negócio pendurado ali? – de novo a Bia.

– Aquele tipo de cone feito todo de galhos pequenos? – quis saber o ET.

– Isso mesmo!

– É um ninho de beija-flor. E aquele outro, de barro, ali do lado, arredondado, é uma casa de joão-de-barro – disse a Bianca.

– Nossa! Olha só! Aqui o chão não é mais de argila, é de areia! Fina e clara. Parece praia!

A Bia parecia uma criança perguntando com curiosidade e se admirando com o que via... o ET seguia o embalo, o Ruivo estava na dele e a Bianca respondia como podia, mas não tinha resposta para tudo. Afinal, aquele lugar também era novo para ela.

– Psssiu! Escuta só! Olha que canto mais doido! – dessa vez foi o Ruivo.

Todo mundo ficou quieto ouvindo um passarinho cantar, um trinado lindo. Procuraram em volta e foi o Ruivo mesmo quem achou e apontou para o pessoal, falando baixinho:

– Ali, naquela árvore mais alta, quase sem folhas...

– É um canário-da-terra! – identificou a Bianca. – É tão difícil ver um bichinho desses em liberdade hoje em dia, pelo menos em boa parte do Brasil.

E sentaram ali no caminho para ouvir o concerto do canário. Quando ele voou, levantaram e seguiram o passeio quietos, até que a estrada se abriu, se alargou, e o chão arenoso virou uma pedra imensa, escura e irregular, com uns veios amarelos e outros avermelhados.

– Que louco uma pedra desse tamanho no chão, não é? Como se fosse um calçamento... um asfalto... – a Bia falou e riu de si mesma.

– Pois é... não é à toa que essa cidade tem toda essa energia! Andamos em cima de cristais... – falou o ET.

– Não é bem assim, ET – corrigiu a Bianca. – Aqui é uma pedra mesmo, mas não sei dizer se é quartzítica... deve até ser, mas grande parte do terreno daqui é muito frágil... é arenítico. Está vendo toda essa areia do caminho? É como pedra desmanchada.

Caminhou, então, para a beira da antiga estrada e chamou os outros três.

– Estão vendo essa pedra branca e amarela aqui? – e mostrou o que parecia ser uma pedra grande, sólida e dura. – É superfrágil.

– Mas não é pedra?

Ela pegou um pedaço que estava caído no chão e que parecia ser uma pedra São Tomé, entregou na mão do ET e falou:

– Esmaga!

Ele deu risada, mas esmagou, e a pedra virou areia, desmanchou na mão dele.

– Esse lugar é especial sim, ET – continuou a Bianca –, mas não é por causa da "energia"... e sim porque ele é um pedaço da natureza. E tudo o que ainda resta da natureza nesse mundo merece ser cuidado. Viu como essa "pedra" é frágil? A gente acha que a natureza vai estar sempre aí, mas não é bem assim. Aqui em São Tomé a gente vê uma coisa mágica mesmo, mas pouca gente dá valor... estou falando da Mata Atlântica se misturando com o Cerrado... são dois ambientes totalmente ameaçados pelo ser humano, dois tipos de riqueza que podem desaparecer por completo...

porque a gente só pensa em formas de ganhar dinheiro explorando a natureza... e aqui, exatamente onde estamos andando agora, ainda tem um pouquinho dos dois biomas preservados. Quer mais magia que isso?

Ele ficou quieto e o grupo continuou andando.

Saíram da estrada velha para a nova na altura do Rio do Peixe e ficaram na ponte vendo o rio passar.

– Parece cenário de filme, né?

– Gostoso ia ser andar com um barquinho nele, embaixo dessas árvores todas.

Procuraram um jeito de descer, mas era bem difícil o acesso ali. Decidiram voltar, agora pela estrada principal.

A Bia pensava que o caminho fechado da estrada velha estava mais interessante quando, em uma árvore carregada de flores brancas e miúdas, teve uma surpresa: um monte de abelhas e dois beija-flores tocavam as flores e esvoaçavam. Os beija-flores eram pretos, um grande e um minúsculo... parecia até uma borboleta de tão pequenininho.

Permaneceram ali olhando até os beija-flores decidirem procurar néctar em outro lugar. A partir daí ficaram alertas, querendo encontrar outros beija-flores, mas na estrada larga não viram mais nenhum, tampouco borboletas... O que encontraram foram várias flores, árvores diferentes, pedras coloridas, e até um grande pedaço de quartzo que o Ruivo achou no meio do caminho!

– Cara, um lugar que dá cristal assim que nem pedregulho só pode ser muito doido... – falou para o ET, que continuou quieto.

Andaram mais um pouco pela estrada, cada um prestando atenção num canto, até o Ruivo chamar espantado:

– Um abacaxi!

– Como? – perguntou a Bia.

– Ali, no meio do mato!

E era mesmo! Um abacaxi nascendo no meio das pedras. A Bia ficou pensando como era o máximo algo nascer ali naquele chão de pedra e areia... e sem plantar! Ainda mais um abacaxi!!!

Chegando à entrada da fazenda, encontraram o Marcelo e o Pedro sentados perto da porteira.

– Onde vocês estavam? Quase íamos para a cachoeira sem vocês!

– Relaxa, Marcelo... levamos as duas para conhecer melhor o lugar e fomos guias turísticos de primeira, não foi? – disse o Ruivo, todo cheio de si.

– Verdade! Levaram a gente pra conhecer a estrada velha, foi bem legal – falou a Bianca em tom de elogio. – Agora, vamos todos à cachoeira?

Subindo até o início da trilha, a Bia novamente olhou para tudo em volta. Viu a mata em que entrariam e o paredão de pedra lá atrás, onde parecia haver menos verde: era mais escuro, tudo variava do preto ao verde-cinzento. Percebeu que na entrada da trilha havia um pinheiro enorme. Mentalmente pediu licença a ele para poder entrar na mata. Estranho habituar-se tão rápido a essa atitude. Se dias atrás alguém falasse isso ela acharia ridículo. Agora, não. O pedido de licença se encaixava perfeitamente a esses lugares, era como uma manifestação antecipada de sua intenção de visitar o local e respeitá-lo.

Entraram e os meninos foram conversando sobre o avistamento da noite anterior e como seria legal acontecer outro nessa noite. A Bia e a Bianca ficaram mais atrás:

– Bianca, por que quando a gente está lá fora e olha para cá vê uma mata toda verde e a montanha mais lá atrás parece cinzenta? Ela foi desmatada?

– Provavelmente não, Bia. Como a gente não subiu lá, não sei dizer ao certo, mas acho que no morro tem muito mais pedra que aqui embaixo. A vegetação por lá deve ser parecida com a do caminho para a Gruta da Bruxa, lembra? Só que mais separada uma árvore da outra. Deve ter mais arbustos baixos.

– E aqui embaixo a mata é mais fechada porque tem menos pedra, certo?

– Não só. Se você olhar em volta, verá que a mata aqui é bem diferente da que vimos esses dias, mais fechada, mais fresca.

– Acho que entendi: aqui é a tal mistura com a Mata Atlântica de que você falou, certo?

– Não, Bia. Sabe aquela mata em volta dos chalés e do refeitório? Ali é Mata Atlântica, cheia de cipós e samambaias, árvores enormes, reparou?

– É bem parecido com o sítio dos meus pais.

– Então, aqui perto da cachoeira e lá do Rio do Peixe, a vegetação é chamada de mata de galeria. Essas árvores ficam verdes o ano todo, não secam ou perdem as folhas no período de seca. Repara só: as árvores aqui são mais altas, mas não tão grossas quanto as de perto dos chalés; também não são tortas como as que vimos no caminho da estrada velha.

– Ali tem uma bem tortinha.

– Claro, ela segue o padrão da vegetação ao redor, lembra. Não há separação total na natureza como acontece nos mapas, tipo: aqui acaba o Cerrado e ali começa a Mata Atlântica. Mas, no geral, a mata é diferente do que vimos na caminhada agora há pouco. A maior parte é formada por árvores grandonas, e o resultado é uma mata cada vez mais fechada conforme chegamos perto do rio. Depois dá uma olhada quando chegarmos lá. A mata forma um tipo de túnel sobre o rio, uma galeria. Essa mata protege os rios e os rios dão água o ano todo para ela.

Chegaram à cachoeirinha, e a Bia percebeu que era mesmo pequena e bonita. Olhou para o rio e viu pedras enormes e a mata realmente formando um túnel protegendo-o, filtrando a luz do sol. O pessoal ficou quieto e se espalhou. Era tudo muito fresco e silencioso. Era gostoso ouvir a água caindo no lago raso.

Um por vez tomou seu banho de cachoeira e, então, o Marcelo falou:

– Seguindo o rio aqui para baixo tem outro laguinho mais fundo e o caminho é lindo. Vamos até lá?

Todos toparam e seguiram o Marcelo. Ele tinha razão, o caminho era muito bonito. A água corria entre as pedras, ora menores, ora bem grandes. Em alguns momentos era preciso sentar nelas para conseguir escorregar e apoiar na seguinte, mais abaixo. Devagar e com o Marcelo sempre ajudando, avançaram. Algumas vezes pararam e sentaram para observar ao redor. A quantidade de bromélias nas árvores era bastante grande. Eram muitos os tipos de árvores e o caminho todo era acompanhado por um cheiro muito bom, de água, de terra molhada, de um tipo de aroma forte e gostoso.

– Que cheiro é esse que parece um incenso?

– É um tipo de resina, eu acho... mas não sei de que árvore é – respondeu o Marcelo. – Sempre que a gente vem pra cá esse cheiro aparece. Bom, né?

Chegaram ao lago. Tudo era verde ali e passava uma tranquilidade gostosa. A água batia na cintura e ele era pequeno e cheio de pedras. A turma se espalhou formando um círculo. E um lugar do círculo ficou ocupado por uma árvore imensa e curiosa: ela nascia na beira do rio, curvava-se até entrar na água e, então, subia formando um L. A Bia achou que parecia um braço grosso e forte, recoberto de um musgo verde que lembrava um veludo e com um tanto de líquen formando uma renda colorida – branca, verde e vermelha. *O braço está vestido para festa, com veludo e renda*, pensou divertida, e logo depois gritou:

– Ai! Alguma coisa beliscou o meu pé! Aiiii, agora beliscou a minha bunda! – e deu um pulo.

A galera riu:

– É filhote de peixe! Olha ali, embaixo dessas pedras onde você sentou.

A Bia quase encostou a cabeça na água e viu um monte de peixinhos. Uns muito miúdos, outros maiores, com uns 4 ou 5 centímetros de comprimento.

– Branca do jeito que você é, acharam que era um verme apetitoso! – falou o Ruivo. – E um baita de um verme!!!

– Só eu sou branquela aqui???

– Ah, mas eu tenho minhas sardas para disfarçar... você já viu verme malhado? Não corro perigo – completou fazendo graça e a turma toda riu.

A Bia olhou para a água e viu perto dali uns insetos grandes, que pareciam se apoiar na superfície, deslizar rapidamente, como se estivessem esquiando, testando a resistência da água.

– Olha ali, são três libélulas! – apontou a Bianca.

– Isso é cada vez mais raro de ver – comentou o Pedro.

– Se tem libélula, a água é limpa.

– Sério isso, Bianca? – perguntou o Ruivo.

– Sério. Elas só vivem onde a água é totalmente limpa. Está vendo esse líquen vermelho que tem nas árvores por aqui? É sinal de que o ar também é muito limpo.

– Que legal isso! – comentou o ET. Era a primeira vez que falava desde a conversa sobre a fragilidade da natureza. – Acho o máximo saber ler esses sinais, entende?

– Agora você também já sabe – respondeu a Bianca com um sorrisão.

– Vamos embora. Estou ficando com frio – chamou o Pedro, parecendo incomodado com a aproximação do ET e da Bianca.

Realmente a temperatura começava a cair e um vento mais forte que nos outros dias soprava, gelando o ar. Decidiram voltar pelas pedras, mesmo porque tinham deixado os sapatos lá perto da cachoeira.

Voltaram sem fazer paradas, o Pedro ia na frente e, quando estavam no meio do caminho, começou a resmungar.

– Tem um besouro que tá querendo grudar em mim! Sai pra lá!

A Bianca, que seguia um pouco atrás dele, alertou:

– Não é besouro, Pedro. É mamangaba! É tipo uma abelha, mas superdócil. Só é grandona. Ela quase nunca pica, mas se pica é doído pra caramba. Não vai bater nela que aí ela...

– P... – e lá veio um baita palavrão.

– ... pica – completou a Bianca.

O Pedro até sentou de dor. A mamangaba picou bem na testa, na região entre os dois olhos. A Bianca começou a passar a água gelada do rio. Achou melhor voltarem logo para a pousada e ver se arranjavam algum medicamento. O local começou a inchar na mesma hora, formando um baita calombo.

– Meu, seu terceiro olho tá nascendo! – zoou o Ruivo.

– Vai pra p... – gritou de novo o homem ferido.

Voltaram para o refeitório rapidinho atrás do seu Paolo. Ele estava lá, sentado numa cadeira do lado de fora, olhando a paisagem. A Bianca e o Marcelo contaram o que aconteceu.

– Vocês têm certeza de que era uma mamangaba? Elas são tão raras por aqui.

– Tenho, sim – respondeu a Bianca. – Já fui picada por uma.

– Ahnnn... e você matou ela? – perguntou para o Pedro, que gemia de dor.

– Não sei... sei lá! Acho que sim!

– Ihhh... então você vai é preso, porque a mamangaba é protegida por lei!

– Seu Paolo, por favor, o senhor vai ou não vai me ajudar? – gemeu o Pedro.

– Ah, sim! Esperem aqui – entrou na cozinha e voltou acompanhado pela Leila, que trazia uma pelota de pasta gordurosa na mão, parecia um tipo de banha. Ela tacou a pelota em cima da picada e a aparência ficou um tanto gosmenta.

– Isso vai ajudar. À noite a gente passa mais – falou ela e voltou para dentro do refeitório.

– Isso fede! O que é essa meleca? – perguntou o Pedro.

– É pomada de própolis e não fede – respondeu bravo seu Paolo.

– Mas própolis não é feita pelas abelhas? – perguntou o Marcelo.

– Isso mesmo. É um antibiótico, um anti-inflamatório, um analgésico e um cicatrizante natural bem poderoso. Tem outras propriedades também.

– Nossa! É uma bomba natural! – falou o Ruivo.

– Seu Paolo, desculpe perguntar, mas o senhor parece meio chateado. Aconteceu alguma coisa? – perguntou a Bia, mudando o rumo da conversa.

– É... estou mesmo chateado, menina.

– O que aconteceu?

– Problemas rurais, digamos assim... é que anteontem os cachorros da fazenda apareceram com um tatu na porta lá de casa. Tinham caçado o bicho e trouxeram para matar ali.

– Nossa! Tem tatu aqui? – perguntou a Bia.

– Bia... – conteve a Bianca antes que ela começasse uma nova leva de perguntas. – E eles mataram o tatu, seu Paolo?

– Não. Eu e a Leila vimos e salvamos o bicho. Ele estava meio machucado. Aí cuidamos dele, e hoje pedi para o Zeca, um de meus funcionários, levar o tatu de volta para o meio da mata. Não deu nem meia hora que o Zeca tinha voltado e os cachorros apareceram de novo com o tatu. Dessa vez, morto.

– Que chato! Você acha que os cachorros seguiram o seu funcionário? – perguntou o Ruivo.

– Foram pelo faro, acho. Porque o Zeca não viu nenhum cachorro indo atrás dele. Mas fazer o quê, não é? É a lei da natureza...

A conversa acabou ali e, quando iam se despedir para voltar ao chalé e tomar um banho, notaram uns pingos grossos de chuva caindo.

– Ah, finalmente chegou! – falou o seu Paolo.

– Chegou o quê? – perguntou o ET.

– A chuva. Ela já estava atrasada este ano.

– Mas ela vai parar, né? A gente vai fazer vigília à noite...

– Quando parar, para... – foi a resposta.

O vale estava lindo, com a luz do sol como que furando as nuvens pesadas e iluminando apenas alguns trechos das montanhas. Era um jogo de luz e sombra que merecia ser observado. Ficaram por ali um tempo. O Pedro foi embora na frente. Quando a chuva apertou, correram para os chalés em algazarra.

Mistérios da noite mineira

A chuva ganhou força e, com o cair da noite, já era uma chuvarada considerável. Não dava para ver a Lua nem as estrelas, muito menos óvnis...

O seu Paolo deixou um guarda-chuva na porta de cada chalé, então o pessoal chegou sequinho ao refeitório, menos o ET, que não apareceu. O Ruivo falou que ele saiu bem antes do chalé e levou o guarda-chuva... ele mesmo veio com a Martinha.

Começaram o jantar sem o ET, e a Martinha parecia preocupada. A chuva estava forte e a noite escura. Uns dez minutos depois o ET chegou ensopado, esbaforido e sem guarda-chuva.

– Galera, vocês não imaginam o que eu vi! – falou para todo mundo ouvir.

– Um alienígena? – brincou a Bianca.

– Isso mesmo! Como você adivinhou?

– Espera aí! Você viu um extraterrestre, ET?

– Só podia ser, Marcelo... foi a coisa mais estranha que vi em toda minha vida! – todo mundo parou e ficou ouvindo olhando para ele. – Resolvi dar uma volta na chuva antes de vir para cá. Estava de mau humor por não podermos fazer nossa vigília com esse tempo... aí dei a volta lá por cima. Passei pela casa do seu Paolo, pela casa grande, e quando estava ali embaixo, perto daquele matagal, eu vi uma coisa piscando no meio do mato.

– Um vaga-lume! – arriscou o Ruivo.

– Não, idiota. Se fosse um vaga-lume você acha que eu não saberia? Era uma luz amarelada, bem maior que um vaga-lume... tipo, dava uns dez vaga-lumes mais ou menos...

– Então, o que era? Conta logo, ET! – reclamou uma garota loirinha com quem a Bia não tinha falado até ali.

– Calma... Bem, eu vi a luz e fui investigar, né? Com medo, mas fui. Entrei no meio do matagal bem devagar e quase tive um treco ao ver lá longe um ser amarelo! Todo amarelo!!! Meio brilhante, acho que meio viscoso...

– Uau! Tinha a pele lisa e gosmenta? – perguntou o rapaz de óculos, que ficara na *van* para descer a Ladeira do Amendoim e parecia ser o namorado da loirinha.

– Era um reptiliano? – questionou a Mariana.

– Não deu pra ver, estava longe! Mas aí, quando eu vi que só podia mesmo ser um extraterrestre, eu saí correndo atrás, né? Larguei o guarda-chuva e fui!

– E ele? O que fez o ET? – perguntou o Ruivo, totalmente envolvido.

– Ele saiu correndo também. Percebeu que eu estava atrás dele e saiu no maior pique. Com a luz piscando... acho que a luz irradiava de algum ponto do corpo dele.

– Vai, cara, o que aconteceu? Conta de uma vez! – implorou o Pedro, que continuava com o terceiro olho brotando.

– Aí ele sumiu!

– Como? Como sumiu? – gritou o Marcelo, já nervoso com tudo aquilo.

– Assim... puf! Sumiu! No meio do mato. Sumiu... deve ter sido teletransportado para a nave-mãe!

– Ah... então vai ver que a luzinha que piscava era um comunicador – falou o da luneta.

– Cara, não tinha pensado nisso! Pode ser mesmo! Ele contatou a nave-mãe e foi teletransportado. Faz todo sentido.

– Mas, então, você não sabe mesmo se era um ET, né? Assim, você não viu messsmooo se era um ET? – arriscou o Pedro.

– Como não? Você tem outra explicação para um ser amarelo gosmento correndo na chuva e piscando?

Ele não tinha nenhuma explicação para aquilo e achou melhor ficar quieto.

– Então, o que vocês acham de a gente ir lá fora procurar algum sinal?

– Demorou! – respondeu o Ruivo, pulando da cadeira.

E a galera foi atrás. Todo mundo largou o jantar e saiu para o matagal, sem guarda-chuva, na ânsia de procurar o tal alienígena embaixo da chuvarada. Só ficaram a Bia, a Bianca, o Pedro e a Martinha.

– Vocês não vão? – perguntou a Bia para a Martinha e o Pedro.

– Não... tô com muita dor para encarar uma caçada pirada na chuva – respondeu o Pedro apontando a testa.

– Da minha parte, acho essa história do ET um tanto sem pé nem cabeça. Prefiro esperar aqui – concluiu a Martinha.

Acabaram de jantar, comeram a sobremesa, estavam no chazinho quando a galera voltou... todo mundo ensopado.

– E aí? – perguntou a Martinha.

– Nem sinal – respondeu o Marcelo. – Seja o que for, não encontramos nem rastro. Nada.

Continuaram a refeição ainda agitados, comentando o que tinha acontecido e levantando hipóteses sobre as possíveis explicações... todas envolvendo ETs, claro!

Foram dormir cedo nessa noite por causa do aguaceiro e também porque, no dia seguinte, acordariam às 6 da manhã para fazer o passeio ao Pico do Gavião, com ou sem chuva, como garantira a Martinha.

***

Foi gostoso dormir aquela noite, ouvir o barulho da chuva no telhado e a cantoria dos sapos que apareceram sabe-se lá de onde, já que nos dias anteriores, com a seca ainda avançando no verão, nenhum sapo se mostrara vivo por lá.

Na manhã seguinte não teve como escapar do apito da Martinha. Realmente era difícil acordar às 6 da manhã. A Bianca ficou pronta antes, e quando a Bia saiu do chalé deu de cara com a amiga ajoelhada no chão, com o ouvido grudado na terra. Tinha parado de chover, mas estava tudo molhado ali em volta.

– O que você está fazendo, Bianca?

– Ouvindo a terra acordar.

– Como?

– Assim cedinho é gostoso ouvir. Vem cá.

– Eu não, a grama está toda molhada. Você vai ficar encharcada!

– Vem cá!

A Bia foi. Ficou como a Bianca, de quatro com a orelha grudada no chão. Achou maluquice aquilo, mas ficou surpresa ao ouvir ruídos vindos da terra. Era como se ela estivesse viva, acordando mesmo... como se refletisse o som do que acontecia ao redor, também. Olhou para a Bianca e sorriu.

Quando levantaram, estavam com a roupa molhada realmente, mas não importava. Foram tomar café da manhã e, quando estavam todos à mesa, o seu Paolo chegou com a cara mais fechada deste mundo e perguntou:

– Quero saber quem de vocês perseguiu minha funcionária ontem à noite?

Ninguém entendeu nada. Ficou todo mundo olhando para a cara um do outro com um ponto de interrogação na testa.

– A Ana Rita é uma das minhas cozinheiras mais antigas, é de confiança. Ela falou que ontem, depois de deixar o jantar pronto, saiu para a casa dela e, quando atravessava o matagal aqui embaixo, alguém de vocês a perseguiu por uma boa parte do caminho.

– Mas era um extraterrestre! – soltou o ET em tom de decepção e a gargalhada foi geral. O seu Paolo não entendeu nada e continuou de cara feia.

– Foi você, então, rapaz?

– Eu pensei que fosse um alienígena. Era amarelo, gosmento e tinha uma luz que acendia e apagava.

– Ela estava vestida com uma capa de chuva amarela e levava uma dessas lanternas que a gente faz com uma vela e um copo – falou o seu Paolo ainda sério, mas parecia estar segurando uma risada.

– Mas... mas... desapareceu no meio do mato, assim, de repente, foi teletransportado... eu vi!

– Ela se assustou com você correndo atrás, saiu correndo apavorada, escorregou e caiu no meio do mato alto. Claro que sumiu! Ficou quieta lá até perceber que você tinha parado de persegui-la. E está cheia de arranhões hoje. Fora que chegou supernervosa dizendo que foi atacada por um dos turistas e que não queria mais trabalhar aqui. Agora me fala! Como vou explicar para ela que você pensou que ela fosse um ET?

A galera explodiu numa gargalhada contagiante. Até o seu Paolo não segurou mais e acabou rindo da confusão toda, só o ET não riu. Ficou com uma cara terrível, misto de vergonha, frustração e vontade de sumir. O jeito era pedir desculpa para a tal Ana Rita. Que decepção!

De cair o queixo...

É claro que isso virou motivo de gozação o resto do dia e o ET nem reclamou. Achou melhor assumir a encrenca que tinha aprontado.

O dia ficou nublado, mas para o passeio que fizeram isso foi perfeito. O Pico do Gavião ficava bem longe. Segundo o Marcelo, a uns 25 quilômetros da cidade. E ele também disse que a turma chegaria a uma altitude ainda maior que a de São Tomé das Letras, 1.500 metros.

Legal! Pensou a Bia, mas reavaliou sua empolgação quando viu a *van* parar na base do pico e percebeu que subiriam tudo a pé. Que canseira! Antes de iniciarem a caminhada, a Martinha falou:

– Agora vamos subir o Pico do Gavião, passeio longo, caminhada puxada. Cada um administre sua própria água, lembrando que tem o caminho de volta. Mais importante: todo mundo precisa andar junto o tempo todo, sem gracinhas... e fazer o que eu pedir, certo? Assim evitaremos problemas.

A Bia achou estranha essa parte final do recado, mas tudo bem. Lembrou que, no primeiro dia, a Bianca tinha falado algo sobre surpresas no Pico do Gavião. Ficou ansiosa.

Foi subida o caminho inteiro, com poucos trechos de área plana. Mas valeu a pena. O que viram foi um cenário surpreendente, que mudava a cada instante. No começo era uma trilha em meio à mata mais fechada, que a Bia concluiu ser Mata Atlântica, mas não tinha certeza disso. Com a subida, as árvores rarearam até sumir de vez. Aí um campo imenso surgiu, com algumas flores e arbustos aqui e ali. Lindo! A Bia mais uma vez ficou encantada de conhecer uma paisagem totalmente diferente e daquele jeito, tudo no mesmo lugar.

O terreno começou a ter mais e mais pedras e a Bia pensou se estariam chegando, já que o pessoal tinha comentado que as formações rochosas do lugar eram um *show* e ficavam bem no topo. Mas ela estava enganada: ainda faltava muito!

Chegaram a uma área aberta bastante grande, onde o chão era todo de areia, que ainda estava úmida da chuva daquela noite. Uma areia fina e branca... parecia uma praia, um deserto. A Bia pensou se ali, algum dia, teria sido o fundo de um oceano para ter tanta areia assim. Realmente achava esquisito encontrar toda essa areia no alto de uma montanha. A Bianca mostrou uma estrada que chegava do outro lado até ali, no areial:

– Se dá para vir de carro, por que a *van* não subiu?

– Primeiro porque, para subir até aqui, só com um carro com tração nas quatro rodas... depois porque, pelo que eu sei, não temos autorização para estar aqui.

A Bia não entendeu, mas estava cansada demais para ficar conversando. Quando achava que tudo ali era areia e pedra, uma surpresa: uma mata surgiu fechando o caminho. Parecia até brincadeira da natureza: ficava enfeitando cada pedaço do Pico do Gavião com paisagens dife-

rentes. Que capricho! E como era fresco dentro da mata...
e como havia macaco ali! Uns grandes, que gritaram muito
tentando espantar os visitantes. Atravessaram em poucos
minutos e logo estavam em um terreno rochoso e escaldante novamente.

Depois da mata, mais pedra. E aí aconteceu algo estranho: a Martinha começou a andar agachada por trás das pedras e todo mundo passou a caminhar igual. Ela fazia sinal
pedindo silêncio e indicando para todos ficarem abaixados...
e foi um longo trecho se deslocando desse jeito. A Bia ficou
ansiosa, querendo entender o que acontecia. De repente, a
Martinha levantou e voltou a andar normalmente.

– Mas o que foi isso? – perguntou a Bia.

– É que aqui em cima aterrissam várias naves extraterrestres e chegamos com cuidado para não espantar nenhuma se estivessem pousadas hoje – respondeu o Ruivo,
supersério. – Mas pelo jeito não tem nenhuma por aqui, já
que a Martinha levantou. Pena...

A Bianca fez uma cara de "não é nada disso" e falou:

– A gente estava andando assim porque esta é uma
área militar e não temos autorização para estar aqui, entendeu? O Gabriel já havia comentado isso comigo e eu
também vi essas informações na internet. Se tivesse treino
militar hoje, estaríamos encrencados. Os militares treinam
de madrugada e pela manhã. Por isso o andar agachadi-
nho. Se eles estivessem treinando, provavelmente daría-
mos meia-volta e sairíamos de fininho. Dá uma olhada. Só
tem nós aqui. Turista só vem pra cá à tarde.

– Também pode ser isso. Mas essa área foi fechada
pelo exército por causa da grande movimentação de óvnis.
Vocês sabem que sempre que o assunto é extraterrestre,
os militares fazem tudo para abafar. É assim no mundo

inteiro! – o Ruivo completou sua teoria e a Bianca ergueu os olhos para o céu numa atitude de impaciência.

Aí o Pedro se aproximou e começou a falar para a Bianca que ela precisava ter um pouco de paciência, que não adiantava reagir assim. A Bianca não gostou nada e engrossou com o Pedro também, chamando todo mundo de alienado.

Os dois começaram a discutir e a Bia saiu de perto. Estavam bem próximos do topo e realmente as formações rochosas eram impressionantes: eram pedras enormes equilibradas umas nas outras. Pareciam ter sido encaixadas ali pelo homem ou por... e riu pensando nisso... *por alienígenas!*

Passeou por entre aquelas pedras admirando-as, e, depois chegou bem na beirada do topo. Sentou e ficou olhando a paisagem ao redor. *Incrível!* Esticou-se no chão, deitando de costas na laje de pedra, e ouviu:

– Vamos voltando, queridos! – era a Martinha chamando.

– Não a-cre-di-to!!! – falou a Bia em voz alta.

– Fazer o quê? – a Bianca acabava de sentar ao seu lado.

– A gente não vai ficar nem 10 minutinhos curtindo esta paisagem depois de ter andado horas pra chegar até aqui?

– Mais de três horas de caminhada.

– Lindo, não?

– E aquelas pedras? O que é aquilo, Bia? Você viu aquelas três que formam um túnel?

– Parece um portal, né? – falou o Pedro se aproximando.

– Meu, a conversa aqui é particular – respondeu a Bianca, mal-humorada.

– Garota mais grossa! Só vim chamar vocês duas porque já estamos voltando. Fui! – e saiu de perto.

– Um portal... menino besta! Depois falam que são as mulheres que são emocionais e deixam o racional de lado. Já não basta ter me enchido o saco com aquela história de levar na calma a conversa do Ruivo sobre a base militar de defesa de ETs???

– Ihhh... tá rolando uma paixão!

– Cruz-credo, Bia. Roga essa praga não.

– Você cuidou dele... bem quando o terceiro olho estava nascendo. Agora ele se apaixonou. Ganhou um namorado com terceiro olho brotando na testa! – e caiu na risada.

– Vai zoando... e o seu paquera que saiu ontem na busca pelo ET-cozinheira? – e as duas riram levantando-se para acompanhar o grupo, que esperava por elas.

O caminho de volta foi mais rápido, mas a canseira chegou no meio do trajeto, o que fez tudo parecer mais difícil. Na *van*, a Bia estava encucada:

– Bianca, se a gente não tinha autorização para subir o pico, corremos risco, né?

– Olha, Bia, o problema foi a gente subir em horário reservado aos treinamentos. Eu já sabia disso, mas estava curiosa demais para ver a paisagem dele. Acho que valeu o risco.

– Pode parecer besteira, mas me sinto mal em ter feito algo assim, algo errado...

– É... a gente se arriscou mesmo. O melhor seria ter comunicado a nossa visita, feito no horário orientado, sei lá. Não somos nós as responsáveis pela excursão, né?

E ficaram um tempo quietas. A Bia fechou os olhos e passou a rever cenas do passeio como *flashes* em sua cabeça: umas flores delicadas no meio da areia, as pedras com formas estranhas, a floresta com os gritos de macacos, o campo de mato e arbustos... quanta coisa diferente numa única montanha! Estava cansada.

***

Dormiu... acordou na pousada com o Marcelo chamando:

– Nossa! Até babou!

Que vergonha...

– Oi! Você aqui, Marcelo? Cadê a Bianca?

– No meio do caminho o Pedro disse que queria falar com ela, aí eu troquei de lugar e vim sentado do seu lado. Aliás... como você ronca!

– Sério??? – falou a Bia, desesperada e se culpando por não estar acordada e vir conversando com ele. O Marcelo deu uma risada gostosa:

– Vamos, Bia! Todo mundo já desceu e está no refeitório.

E estendeu a mão para ela. Entraram de mãos dadas e foi uma zoação só. Para piorar, o Marcelo abraçou a Bia, virou para a galera e falou:

– E daí? Morram de inveja!

Assovio daqui, "uh-uh" dali e foram para a mesa. Sentaram separados, nos lugares que sobraram. De longe, o Marcelo sorria um sorriso lindo para a Bia, todo convidativo. E a Bia, travada, sentia como se visse tudo na tela do cinema. Sabia que estava sorrindo, mas não conseguia controlar o sorriso nem desmanchá-lo.

Não governo mais o meu próprio corpo!!! Que medo!!! Se falar isso para o ET, ele com certeza dirá que eu estou sendo comandada por um alienígena.

Aliás, ele também parecia feliz da vida por esquecerem um pouco dele e arrumarem outro motivo de zoação.

Era o último almoço na fazenda. No dia seguinte, logo cedo, voltariam para São Paulo. Para quem chegou tão não querendo estar ali, a Bia estava totalmente transformada. Agora não queria era ir embora.

Como almoçaram mais tarde, o jantar também foi marcado para mais tarde, às nove e meia. A galera estava destruída. Todo mundo só falava em dormir e começaram a aparecer umas nuvens escuras no céu, prometendo uma pancada de chuva para logo mais.

Aos poucos o pessoal saiu. Sobraram na mesa a Bia, o Marcelo, a Bianca, o Pedro e a Martinha.

– E aí, vamos dar uma volta? – propôs o Pedro.

– Eu vou dar é uma dormida – respondeu a Martinha, bocejando.

– Eu topo caminhar um pouco para fazer a digestão – respondeu a Bianca.

– Vamos também, Bia? – chamou o Marcelo.

– Vamos, claro! – afinal ela era uma garota decidida, não era?

– O que vocês acham de a gente subir lá na montanha atrás da cachoeirinha?

– Vocês estão loucos... com tudo o que andamos hoje? – falou a Martinha, levantando.

– Se cansarmos, voltamos de onde estivermos, combinado? – arrematou o Marcelo.

E foram mesmo. Pegaram a estrada na direção da entrada da mata e seguiram ainda um pouco para cima. Aí a Bia viu uma árvore na beira da estrada que chamou sua atenção:

– Pessoal, olha essa árvore, que doida! Com essas folhas enormes e peludas, flores roxas de miolo amarelo e ainda tem essas bolotas enormes penduradas. São frutas?

– São frutas, sim – respondeu a Bianca.

– Cada bola dessa deve ter meio quilo! – comentou o Pedro.

– Nossa! – espantou-se a Bia.

– Essa é uma árvore típica do Cerrado. Uma lobeira. E o nome da bola é fruta-de-lobo – falou o Marcelo.

– De lobo? Por quê? – continuou a Bia, perguntadeira.

– Porque o lobo-guará adora comer essa fruta. E, depois, quando faz cocô por aí, espalha as sementes da lobeira por toda a região.

– E a fruta é gostosa, Marcelo?

– Muita gente diz que ela é venenosa, mas não é, não. Ela é amarga quando está verde, a polpa é firme e tem uma cor branca, mas quando amadurece fica com a polpa amarelada, bem macia e adocicada.

– E gente pode comer isso? – perguntou o Pedro.

– Algumas tribos indígenas fazem um tipo de refogado com ela e muita gente começa a deixar o preconceito de lado e a comer a fruta também – falou a Bianca. – Há lugares em que ela é usada para fazer geleia e outros doces.

Esse fruto é mais rico em nutrientes do que o abacaxi ou a laranja, por exemplo.

– Engraçado... eu conhecia essa fruta como engasga-vaca – falou o Pedro.

– Por quê? – perguntou a Bia.

– Porque dizem que ela mata o gado engasgado. As vacas e os bois tentam comer a fruta e acabam com ela entalada na garganta, é o que falam... Um amigo meu, que faz Veterinária, disse que não é bem assim, que as vacas mastigam a fruta, mas engolem uma parte inteira, não sei qual, e essa parte entala na chegada do estômago. Não faço ideia de qual das duas versões é verdadeira.

– Que bizarro! – falou a Bia. – Será que os bichos não aprendem que não é pra comer esse negócio?

– Pois é... da primeira vez que vim aqui para a fazenda, teve uma vaca que morreu engasgada com um troço desse. Horrível! Sofreu pra caramba – falou o Marcelo. – Tanto é que muitos criadores de gado arrancam os pés de lobeira e isso faz com que ela esteja quase extinta hoje em dia.

– Mas isso não é certo – falou a Bianca, irritada. – Olha, aqui na fazenda tem gado e tem lobeira.

– É, mas aqui eles criam poucas cabeças, né? Só para tirar o leite necessário para o consumo e a produção do queijo, da manteiga... Outro nome dessa fruta é maçã do Cerrado, porque falam que ela tem cheiro de maçã quando fica madura. E esse cheiro é o que atrai a bicharada.

– Ela é medicinal, não é? – perguntou a Bianca. – Lembro de ter visto algo sobre isso na faculdade.

– É, sim – respondeu o Marcelo.

– Seu Paolo já comentou comigo que há estudos para usá-la na fabricação de antibióticos, anti-inflamatórios e até anticoncepcionais.

– Meu, é igual à história lá daquela meleca, de própolis – falou o Pedro, colocando a mão na testa instintivamente.

– Pois é... e já tem farmácia homeopática que vende pó da fruta em cápsulas.

– E pra que serve? – perguntou a Bia, encantada por ver que o Marcelo não sabia só de ET.

– Para um monte de coisa também: emagrecer, aliviar dor de estômago, controlar o diabetes... a flor dela também é usada como remédio, o chá é para abaixar a febre. Também fazem xarope para o pulmão e até florais.

– É uma planta milagrosa, então?

– Olha, Pedro, são inúmeras as plantas que possuem propriedades medicinais – interveio a Bianca. – Nossos índios e as populações tradicionais sabem disso melhor do que ninguém. O que acontece é que nós, os ditos civilizados, só começamos a nos interessar por elas há pouco tempo. As plantas foram usadas para curar desde sempre. Temos uma riqueza imensa em cada tipo diferente de vegetação de nosso país, mas começamos a pesquisar e buscar compreender essa riqueza só agora. Não é milagre o que as plantas fazem, talvez a função delas no mundo seja esta: alimentar e curar.

– Olha, o papo está muito bom, mas não é melhor a gente ir andando? – falou a Bia, olhando para o céu mais carregado.

***

Subiram o morro, então, como que contornando a mata. O Marcelo calculava o caminho para evitar a nascente da cachoeira. O seu Paolo avisara, com seu jeito bravo, que toda água consumida na pousada para banho, comida e para beber vinha da nascente, então não queria saber de ninguém pisando por lá, contaminando tudo.

Depois de subirem por uns dez minutos, a paisagem que viram foi mais uma vez diferente. A mata era realmente mais baixa, mais arbustiva e muito fechada, com a vegetação espinhosa emaranhando-se entre si. Não sobrava quase espaço vazio, não havia trilha. O chão era formado por terra e pedra, pedras grandes e escuras, algumas firmes no chão e outras soltas, perigosas para quem se apoiasse nelas. Uma subida íngreme, e o Marcelo, que estava de bermuda, logo ganhou os primeiros arranhões.

– Não é melhor voltar? – perguntou a Bia.

– Vamos com mais calma, mais devagar... – pediu o Marcelo.

O Pedro diminuiu a marcha e passou a escolher melhor os lugares por onde passar. A mata ali era de um verde-acinzentado.

Os arbustos eram mais retorcidos, mais espinhosos, com as cascas ainda mais grossas. Flor havia pouca, mas aquele lugar tinha sua beleza e conseguia realmente ser diferente do que haviam visitado até ali. Com mais ou menos uma hora de caminhada chegaram ao topo. E que topo! Era estreito, como se a montanha terminasse em uma lâmina. Eles precisavam se apoiar em pedras inclinadas e não era nada fácil ficar em pé por lá.

Um murinho baixo, de uns 40 centímetros de altura, todo feito com pedras empilhadas e encaixadas umas nas outras, separava as faces da montanha. A vista do alto era incrível para todos os lados e até ver o murinho de perto era algo que já merecia a caminhada. Ele se estendia para longe, tortuoso, acompanhando a linha do cume da montanha.

– Quem será que fez isso? – a Bia pensou alto.

– Lembra que a Mariana falou que essa era uma região de fazendeiros escravocratas? – perguntou a Bianca. – Devem ter sido eles, os escravos, não?

– Mas para quê?

– Delimitar propriedades, talvez? – tentou o Pedro.

– Ou para evitar que o gado de um lado se misturasse com o de outro? – experimentou o Marcelo.

– Mas sobe vaca aqui???

– Bia, vaca sobe em todo lugar.

– Eu tenho outra teoria... – falou a Bianca com cara de safada. – Eu acho que os escravos fizeram isso para se comunicar com os alienígenas! Na verdade, visto do alto, esse muro passa uma mensagem para os óvnis. Entenderam?

Todo mundo olhou sério para ela. Então, a Bianca caiu na risada e quase se desequilibrou... O Pedro a segurou e falou:

– Vai zoando, vai... quero ver se for abduzida um dia desses. Aí não vem contar pra nós que não vamos nem acreditar.

E começaram o caminho de volta, ainda mais difícil porque a perna bambeava com a descida íngreme.

– Andamos demais hoje. Meus músculos estão reclamando – falou o Marcelo.

– Eu tenho a sensação de que vou cair a qualquer momento... minhas pernas estão ameaçando parar de me obedecer – choramingou a Bia.

– Pode deixar que seguro você, Bia.

– Hummmmm!!! – fizeram o Pedro e a Bianca ao mesmo tempo.

O céu agora estava totalmente escuro, ia cair um pé-d'água e seria logo. Decidiram descer mais para o lado da cachoeirinha e, quando estavam chegando ao alto da mata que rodeava a queda-d'água, a chuva desabou com gosto.

Tomaram um banho de chuva, ficaram ensopados e desceram o último trecho de pedras e árvores devagar, com cuidado para não escorregar. Aí escolheram passar pela cachoeira e tomar um banho com roupa e tudo para encerrar o passeio.

Estava bem diferente ali: a pancada de chuva já tinha passado há um bom tempo, mas o volume de água da cachoeira era bem maior e a cor era barrenta, não mais cristalina. Mesmo assim, entraram na cachoeira.

Delícia!!!

Fizeram uma farra por lá, até dançaram no laguinho, meio que improvisando uma dança da chuva.

Mas bateu um frio depois. Atravessaram a mata acelerados para tentar se esquentar, mas a chuva voltou a cair forte e eles gelaram mais. Voltaram para os chalés rapidinho, e só então se deram conta de que começava a escurecer.

– Depois do banho a gente aparece aqui no chalé de vocês! – falou um Marcelo sorridente e tremendo.

– A gente espera – respondeu uma Bia de corpo e alma lavados.

Ainda bem que a gente muda de ideia...

A Bianca tomou banho primeiro, o que a Bia achou bom, porque pôde demorar bastante depois. Saiu até vermelha de tão quente que deixou a água.

As duas ficaram jogadas na cama, tagarelando sobre tudo o que viram e como o Pedro e o Marcelo eram até bem legais, afinal...

– Lembra que a gente achou que todos eram malucos, já lá em São Paulo, Bianca?

– Verdade. Também... todos vestidos com ETs, naves, olhando aquela luneta, falando em abdução, confederados...

Riram e depois ficaram quietinhas.

– Mas eles são legais – a Bia concluiu baixinho.

– São mesmo. Quando será que vão viajar juntos de novo?

Uma olhou para a outra com cara cúmplice e riram mais.

Mais ou menos meia hora depois, os meninos chegaram de guarda-chuva e todos perfumados:

– Podemos entrar? – perguntou o Marcelo.

– Claro! Achei que não vinham mais... – falou a Bianca.

– É que a noiva aí – respondeu o Pedro apontando para o Marcelo – demora uma eternidade no banho. Fora a quantidade de cremes que passa depois: cabelo, rosto, corpo!!!

– Pega leve, ogro! Só não sou que nem você, que toma banho até com sabão em pó.

O Marcelo sentou na cama da Bia. O Pedro, na da Bianca. A canseira bateu, o papo foi perdendo o ritmo, os corpos se esticando... e ninguém sabia explicar como ou quando, mas o fato foi que os quatro dormiram profundamente! Desmaiaram!

Acordaram com o Ruivo e o ET batendo na janela, chamando pela Bia e pela Bianca, e tiveram que aguentar a maior zoação quando os quatro saíram juntos do chalé e com cara de sono.

Lá fora, o único sinal da chuvarada era a grama molhada, as árvores pingando e o coaxar de diferentes tipos de sapo formando uma sinfonia noturna. O céu estava limpo, completamente estrelado. Era possível ver a Via Láctea inteira. Um anel de poeira no céu. Um anel imenso de estrelas. Ficaram um tempo olhando para cima, depois para as árvores que pareciam enfeitadas com um pisca-pisca de vaga-lumes. Foram os seis para o refeitório.

– E aí, gente? Abriu o tempo legal – falou o da luneta durante o jantar. – Vamos para mais uma vigília?

– Sei não, estou quebradaço – falou o Marcelo, para espanto geral da galera. – É que vocês descansaram a tarde inteira e nós caminhamos mais um monte. Meu corpo todo está dolorido. Sabe que eu tô mais é com vontade de ficar aqui e acender aquela fogueira... ela ficou coberta com plástico, deve estar sequinha.

– Pô, cara – completou o Pedro –, eu também. Vai ser uma tristeza ir embora e deixar essa fogueira aí pedindo para ser acesa. Fora que também estou só o pó.

– Meu... vocês são uns velhos chatos! – reclamou o Ruivo.

– Então fazemos assim – concluiu a Martinha –, quem quer ir para a vigília levanta a mão.

Só não levantaram a mão os dois, a Bia, a Bianca e o ET, por incrível que pareça. A Bia já estava vendo que ia ser uma daquelas ocasiões em que a maioria vence e a minoria precisa obedecer, mas foi diferente dessa vez.

– Olha, vamos nós e eles ficam com a fogueira – propôs a Martinha e todo mundo ficou feliz. Jantaram uma lasanha de queijo, torta de legumes e salada. A sobremesa foi doce de leite com queijo e doce de mamão verde.

Aí a Martinha chamou a Leila e perguntou se ela poderia trazer as cozinheiras até ali para receber o agradecimento da turma, já que no dia seguinte tomariam o café da manhã e sairiam rápido.

A Leila voltou da cozinha acompanhada pelas três cozinheiras. A Martinha levantou e todo mundo ficou em silêncio:

– Nesses dias que ficamos hospedados na fazenda, essas mulheres nos presentearam com refeições deliciosas, com o carinho de preparar os lanches para nossos passeios e nos recepcionar à noite sempre com um chá quentinho. Em nome de todos nós, agradeço a vocês. Muito obrigada!

A galera começou a bater palmas e as cozinheiras ficaram morrendo de vergonha, agradeceram e voltaram logo para a cozinha.

***

O pessoal se aprontou rápido e saiu com a *van* rumo a mais uma noite de vigília. O seu Paolo e a Leila ajudaram os que ficaram a acender o fogo, puxaram as cadeiras para perto da fogueira e sentaram com a turma para contar causos. Ele confirmou toda a história da bruxa Maria Cornélia, do fantasma Sebastiãozinho e dos feitiços, que a Bia e a Bianca ouviram da Mariana. Contou que foi ele mesmo quem construiu a casa da pirâmide lá do mirante da cidade e desistiu de morar ali porque não teve jeito de fazer a água subir até lá. Divertiu-se ao ouvir do Pedro que o pessoal da cidade dizia que a casa fora construída por alienígenas. Aí o seu Paolo olhou para o ET, que estava quieto observando o céu, e perguntou:

– Por que você quer tanto encontrar um alienígena?

– Não sei. Depois do que aconteceu ontem com a sua empregada, nem sei mais se vale a pena continuar procurando – respondeu bem desanimado. Todos riram, menos o seu Paolo, que continuou, sério:

– Vale a pena, sim, ET. Sempre que procuramos algo em que acreditamos, vale a pena persistir. Mas a gente precisa manter os pés no chão também. Afinal, somos filhos deste planeta, não é? Filhos da Terra! Não dá pra viver perdido lá em cima e se esquecer de olhar à nossa volta.

– É... isso eu aprendi nesta viagem – e olhou para a Bianca, que sorria para ele. Ficaram mais um tempo conversando e aproveitando o calor da fogueira. A Leila foi pegar uma garrafa térmica cheia de chá de capim-santo e distribuiu copinhos para todos. Uma delícia ficar ali conversando e bebendo aquele chá. Ela e o seu Paolo contaram mais histórias sobre a cidade, narraram mitos interessantes e o que mais chamou a atenção da turma foi o do Zé Pneu: duas bolas de luz que pareciam os faróis de um carro surgiam na estrada; quando alguém chegava perto, via que não havia carro nenhum, e as luzes ora se separavam indo cada uma para uma direção, flutuando no ar, ora desapareciam repentinamente. O povo chamava de Zé Pneu, outros achavam que eram sondas de naves extraterrestres.

Algumas histórias deixaram a galera com medo e também divertiram a todos. Ainda fizeram uma roda de piadas e o seu Paolo tinha algumas ótimas sobre extraterrestres. Até os meninos riram e disseram que contariam ao resto da turma depois.

A fogueira já estava quase apagando quando a *van* retornou. A Bia e os outros se deram conta de que o tempo havia passado e eles nem perceberam, de tão envolvidos que estavam e de tão divertido que foi ficar ali, jogando conversa fora e admirando as estrelas.

– E aí, viram algum óvni? – perguntou o Pedro para a galera.

– Que nada... nem confederado, nem não confederado... – respondeu o da luneta. – Ficamos lá até agora e nada aconteceu... a maior chatice. E vocês, viram alguma coisa aqui? – e deu uma risada de deboche.

A Bia achou ridícula a ideia de que a noite havia sido chata para todas aquelas pessoas só porque não tinham visto nenhum óvni. Será que não podiam aproveitar de outro jeito? Ia responder, mas o ET saiu na frente:

– Nós vimos e fizemos um monte de coisas por aqui: vimos estrelas, fogueira, vaga-lume... contamos piadas, ouvimos histórias... foi uma ótima noite!

O da luneta fez cara de pouco caso e seguiu com o pessoal para a cama... A fogueira chegava ao fim... a suindara piava avisando que a noite era dela e que todos deveriam se recolher. Mais uma vez a Bia tentou localizá-la na escuridão e conseguiu vê-la levantando voo de cima do refeitório. Era linda realmente!

***

Hora de se despedir e dormir. Depois do boa-noite geral, foram para os chalés e o seu Paolo ficou para trás, apagando as brasas da fogueira com água para evitar um incêndio, como explicara.

O ET, a Bia, o Marcelo, a Bianca e o Pedro foram conversando, combinando se encontrar em São Paulo e, talvez, voltar para São Tomé em breve, de carro. Aliás, poderiam viajar juntos para outros lugares. Estavam empolgados. A Bianca correu até o chalé e trouxe o celular para anotar os contatos de todos. Ia formar um grupo e assim os contatos seriam compartilhados. Aí a Bianca foi levar o celular embora e o Pedro foi atrás dela.

Ficaram conversando mais um tempo, olhando estrelas, querendo esticar a última noite na fazenda, mas a canseira era enorme e precisavam dormir. No dia seguinte, de manhã, voltariam para casa.

Despediram-se com abraços carinhosos e cada qual foi para seu chalé.

– Bianca...

– Hummm... – respondeu sonolenta, já debaixo das cobertas.

– Gostei demais de conhecer você!

– Também gostei de conhecer você, Béa... você é uma pirralha até que legalzinha.

– Tô falando sério. Essa foi a melhor viagem da minha vida!

– Vamos viajar mais juntas, então. Vamos mesmo agitar um passeio logo com os meninos. Agora dorme. Boaaaaa... – bocejou – noite.

– Boa noite, Bia... – respondeu a Bia, contente por ter tantos pontos em comum com a Bianca, por serem as duas "Bias", por descobrir que dá pra ser amigo de um monte de gente diferente e se descobrir diferente também, por não estar mais tão apaixonada pelo Gabriel (será que estava mesmo? Ou achava que estava?), por ter visto o Pedro e a Bianca trocarem um beijaço atrás do chalé quando saiu para procurá-la, por ter o telefone do Marcelo e ele ter marcado um cinema com ela para dali a dois dias, por ter conhecido um lugar tão lindo, tão frágil, tão especial e visto tantas coisas diferentes... E, de coração leve, Bia dormiu tranquila até o último PRIIIIIII daquela viagem acontecer.

Dados da
GEOGRAFIA

Fotografias: Shirley Souza

São Tomé das Letras fica no sul de Minas Gerais e é uma das 18 cidades brasileiras situadas a mais de mil metros de altitude (1 291 metros).

A cidade está localizada no meio da **Mata Atlântica** e apresenta paisagem de **Cerrado**.

Como a Bianca explicou aqui no livro, além do Cerrado típico do **Centro-Oeste**, podemos encontrar manchas de Cerrado em outros lugares do Brasil.

São Tomé das Letras: altitude e área de mata.

O Cerrado é o segundo maior **bioma** brasileiro, e é muito importante devido a sua riqueza e diversidade de paisagens e composição da **fauna** e **flora**.

Um elemento predominante nesse bioma é o fogo. As árvores de **tronco retorcido**, como essas da foto, aparecem muito no Cerrado típico. Normalmente, elas ficam assim por causa da alta concentração de alumínio no solo e da ação do fogo – espontâneo ou proveniente de **queimadas** provocadas pelo ser humano.

Vegetação típica de Cerrado.

Embora algumas plantas resistam ao fogo, e muitas sementes até germinem mais facilmente depois de incêndios, é importante não esquecer que a queimada intencional é uma prática extremamente prejudicial ao **meio ambiente**: destrói a maior parte da vegetação, mata animais e acaba com os nutrientes do solo. Além disso, queimadas não autorizadas constituem crime passível de multa e reclusão, conforme previsto em lei.

Flor da lobeira, típica do Cerrado.

Fora do Brasil, não existe Cerrado. Ele é um tipo de bioma da mesma categoria das savanas africanas, mas ganha em **diversidade**. Isso o torna único no mundo.

Calcula-se que há mais de 10 mil **espécies** de flores no Cerrado! Na seca, elas alcançam o auge, destacando-se na **paisagem** com sua multiplicidade de cores, formas e aromas.

O Cerrado é um dos biomas mais **ameaçados** do país. Ocupava 25% de todo o território brasileiro, mas ficou bastante reduzido com o avanço da **agropecuária**.

Outro é a Mata Atlântica, que originalmente ocupava 15% do nosso território, cobrindo toda a área litorânea. Desse bioma, 93% já foi devastado.

Conservar o que ainda existe de nossas matas é importante não só para quem vive nessas regiões e depende das **florestas** para o abastecimento de **água**, regulação do **clima** e fertilidade dos **solos** como também para todo o planeta, que agradece quando lutamos para **preservar** nossas florestas.

As chamadas "pedras São Tomé" são muito utilizadas na **decoração** e no acabamento de obras, como **revestimento** de pisos e piscinas. Isso é benéfico para a região, como explicou a Martinha, porque as pedreiras de lá geram mais de 3 000 **empregos** diretos e indiretos.

O estado de Minas Gerais é o segundo maior produtor dessas pedras; só a região de São Tomé das Letras tem quase 5% das reservas de **quartzito** do Brasil.

As "**pedras** São Tomé", ou quartzitos, são rochas muito antigas, que começaram a se formar há mais de 500 milhões de anos. Na época em que essas pedras se formaram, o ser humano nem existia ainda...

Quando falamos em formação geológica de uma região, nos referimos à composição, idade e origem das rochas desse local. A formação geológica do Cerrado é a mais **diversificada** e **complexa** do país, com rochas bem antigas, que se originaram do Período Pré-Cambriano (600 milhões de anos atrás) ao Cenozoico (60 milhões de anos atrás).

Paisagem em São Tomé das Letras modificada pelas pedreiras.

Vale lembrar que a **água doce** é um recurso cada vez mais escasso e valorizado no mundo.

O **Brasil** é um país muito rico em água; seis das oito grandes bacias hidrográficas brasileiras localizam-se no Cerrado.

Com o desmatamento e a poluição, essas bacias ficam **ameaçadas**. As matas ciliares, que protegem os rios desses agravantes, estão sendo destruídas. Sem elas, os rios podem secar. Sem água, não há floresta. Diversos países já sofrem com a **escassez** de água. Está mais do que na hora de nos conscientizarmos desse **problema**!

Cachoeiras de São Tomé.

Martinha mostrou que as pedreiras são um problema porque a extração das rochas causa **desmatamento** de florestas nativas, **erosão** do solo, poeira e ruído nas proximidades.

Shirley Souza

Nasci e cresci na Grande São Paulo, em lugares que mes-clavam o ar do interior com o da metrópole. Sempre gostei de viajar e descobrir recantos de nosso país, paisagens diferentes, brasileiros receptivos, novos ares, novas gentes. Conheci São Tomé das Letras em 1998, bem antes de ser escritora, e aprendi muito sobre a cidade, sua história, seus mitos, sua natureza, sua degradação. Assim como a Bia, estranhei a mistura de Mata Atlântica e Cerrado e me vi conquistada: já estive lá inúmeras vezes e, como o Marcelo, conheço a maior parte de suas cachoeiras, entrei na mata à noite guiada pela lua cheia e não fui abduzida!

Sou escritora desde 2005 e já publiquei mais de 50 livros. *Caminho das pedras* ocupa um lugar especial entre eles: foi meu livro premiado com o Jabuti, no ano de 2008. Espero que você tenha embarcado nessa viagem e se encantado com esse pedacinho do Brasil.

Se quiser descobrir mais sobre mim e meus livros, visite meu *site*: www.shirleysouza.com.

Rogério Borges

Cursei Comunicação Visual na Fundação Armando Alvares Penteado (FAAP), em São Paulo. Ilustrei e escrevi para a revista *Recreio*; trabalhei também para diversas editoras e com os produtores da Vila Sésamo.

Fiz mais de 80 capas para a revista *Planeta* e sou artista plástico. Expus em Frankfurt (Alemanha), Bolonha e Roma (Itália), Gotemburgo (Suécia) e Bratislava (Eslováquia).

Recebi prêmios importantes, como os da Associação Paulista dos Críticos de Arte, da Fundação Nacional do Livro Infantil e Juvenil, da Unesco (Unesco Prize for Children and Young People´s Literature) e o Prêmio Jabuti, na categoria Ilustração.

Para fazer as ilustrações deste livro, usei aquarela. Gosto muito dessa técnica e é uma das mais difíceis. Ela não permite retoques, e os tons claros e o branco precisam ser previstos desde o início, porque não serão obtidos com sobreposições. As transparências, manchas e texturas deixam as artes iluminadas e com uma espécie de atmosfera. Espero que você tenha gostado.

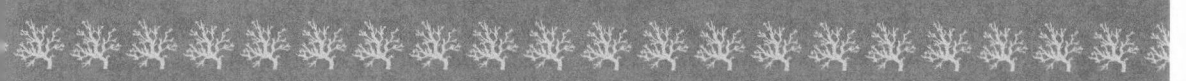

Este livro foi composto com a família tipográfica
Chaparral Pro para a Editora do Brasil em 2020.